Die

Legende

der

Öllampe

~ erdacht und aufgeschrieben von

Sascha Weißgerber ~

Alle in dieser Geschichte genannten Personen, Orte, Organisationen und Ereignisse sind rein Fiktional.

Alle Ähnlichkeiten zu Personen, Orten, Organisationen und Ereignissen in der realen Welt, sind rein zufällig und in keinster weise beabsichtigt oder böswilliger Natur.

Bibliografische Information der Deutschen Nationalbibliothek: Die Deutsche Nationalbibliothek verzeichnet diese Publikation in der Deutschen Nationalbibliografie; detaillierte bibliografische Daten sind im Internet über http://dnb.dnb.de abrufbar.
Die automatisierte Analyse des Werkes, um daraus Informationen insbesondere über Muster, Trends und Korrelationen gemäß §44b UrhG („Text und Data Mining") zu gewinnen, ist untersagt.
© 2025 Sascha Weißgerber
Lektorat: Sascha Weißgerber & Anett Kaczmarek
Korrektorat: Sascha Weißgerber & Anett Kaczmarek
Verlag: BoD · Books on Demand GmbH, Überseering 33, 22297 Hamburg, bod@bod.de
Druck: Libri Plureos GmbH, Friedensallee 273, 22763 Hamburg
ISBN: 978-3-8192-6356-9

Die Legende der Öllampe

Band 1

***

Inhalt

***

*L*egenden werden nicht erzählt,

sie werden *g*eboren und

*a*ufgeschrieben.

*U*nd heute werden wir

*Z*eugen bei der Geburt,

so einer *L*egende.

~ Vorwort ~

Diese Geschichte handelt von Karl dem Schweinehirten.

Er zog aus, um ein großes Abenteuer zu erleben,
doch was er am Ende erlebte,
war viel mehr als ein großes Abenteuer.

Er traf neue Freunde und finstere Gestalten,
kleine Zwerge und riesige Drachen,
er musste sich mehr als einmal, seinen größten Ängsten stellen
und noch vielem mehr...

Aber, wisst ihr was?

Das Beste wird sein, wenn wir es mit ihm gemeinsam erleben...

*E*in *B*uch
ist ein *T*or,
in eine andere
*W*elt...

Kapitel I

Die Öllampe

oder

Wie Karl und Resy
Freunde wurden

***

*I*ch weiß,

es ist eines dieser alten *K*lischees,

aber jede gute *G*eschichte

beginnt doch immer mit…

„Es war einmal…"

***

Kapitel *I.I*

Alles begann,

in einer

Dunklen Höhle...

...vor nicht allzu langer Zeit, in einem fernen, uns noch unbekannten Land, tief drinnen im Herzen des Silbergebirges. Draußen pustete Väterchen Frost sein eisiges Lüftchen mit aller Kraft über Stock und Stein und hüllte Mutter Natur damit in ein glitzerndes Kleid aus Schnee und Eis.

Ein junger Mann, mit kurzen blonden Haaren, kroch gerade in dieser dunklen Höhle umher, auf der Suche nach einem Wunder. Und dieses Mal, so war er sich fast sicher, würde er auch eines finden, denn er hatte sich eine Karte besorgt, vom alten Willie, dem Trunkenbold seiner Stadt, und dem, das wusste er ganz genau, konnte er blind vertrauen...

Er war jetzt schon eine ganze Weile in der dunklen Höhle unterwegs, mutlos streifte er hin und her.

„So eine blöde Karte!", dachte er sich, als er sich ein paar Spinnweben aus dem Gesicht wischte. „Die bringt rein gar nichts! Na warte Willie, wenn ich dich in die Finger kriege!", flucht er vor sich hin, während er immer tiefer in die dunkle Höhle vordrang.

Doch plötzlich, keimte ein Hoffnungsschimmer in ihm auf. In einem der vielen Gänge vor ihm leuchtete ein seltsames, blassblaues Licht auf, fast schien es nicht natürlichen Ursprungs zu sein. Er ging langsam und vorsichtig um die nächste Ecke, direkt auf das Licht zu. Als er die Kammer betrat und sich achtsam umschaute, bemerkte er ein kreisrundes Loch in der Decke, durch welches das Licht in die Kammer fiel.

„Wie kann das nur sein?", fragte er sich. „Es müsste doch längst tiefste Nacht sein, oder etwa nicht? Wo kommt das Licht dann nur her?"

Wie von Zauberhand geführt folgte sein Blick dem Lichtschweif, der auf einen großen Sockel fiel, welcher mitten in einem Saphirblauen See stand. Er war sich nicht sicher, was er dort sah und doch zog es ihn magisch dort hin.

Ein langer schmaler Kiesweg führt an einigen größeren und kleineren moosbewachsenen Felsen vorbei hinunter an den See, in dessen Mitte der Sockel stand. Noch während er auf das Ufer zuging, fragte er sich, wie er über den See gelangen sollte, so ganz ohne Boot oder ein Floß. Als er an der Wasserkante stand, begann das Wasser vor ihm zu brodeln und zu blubbern, fast so als ob es kochen würde. Völlig verängstigt ging er ein paar Schritte zurück, stolperte über einen großen Stein und stürzte dabei unsanft auf seinen Hintern.

„Aua!", rief er so laut, dass es durch die gesamte Höhle schallte.

Vor ihm hatte sich eine Steinbrücke aus dem See erhoben, leise plätscherte das Wasser von ihr herunter, über diese konnte er nun mühelos auf den Sockel gelangen. Noch zögerte er ein wenig, am Ende siegte jedoch Neugier über Angst und Verstand.

Als er die Brücke überquert hatte und den Sockel betrat, bemerkte er ein kleines sechseckiges Podest auf dem etwas silbrig glänzendes stand. Unsicher und doch fasziniert ging er langsam, Schritt für Schritt darauf zu. Geblendet vom Schein des Lichtschweifs, konnte er nicht genau erkennen, was er sich da ansah, jedoch wusste er, dass er endlich gefunden hatte wonach er schon solange gesucht hatte. Ohne groß zu überlegen, welche Folgen es für ihn haben könnte, nahm er den Gegenstand von dem Sockel herunter, was ein großer Fehler war. Der Nachthimmel, den er durch das Loch über sich sehen konnte, zog sich mit Wolken zu. Es donnerte bedrohlich und ein Blitz fuhr direkt durch das Loch in der Decke hindurch auf das Podest. In jenem Moment verschwand es im Erdboden und der Lichtschweif erlosch.

„Und was jetzt?", dachte er, als er sich umdrehte und den Sockel verlassen wollte. Dieser begann mit jedem Schritt, den er ging, mehr und mehr zu beben, bis er schließlich anfing langsam mitsamt der Brücke im Saphirblau des Sees zu versinken. Schnell begriff er, dass es jetzt um Leib und Leben ging, er nahm die Beine in die Hand und rannte so schnell ihn seine Füße tragen konnten.

Hinter ihm krachten die Felsen auf den Boden, es schien ihm fast so als ob der Gang, den er entlang rannte mit jedem seiner Schritte schmaler und enger wurde. Sein Herz pochte wie verrückt.

„Bin ich überhaupt auf dem richtigen Weg?", fragte er sich.

Es kam ihm wie Stunden vor, als er endlich ein Licht am Ende des Tunnels sah. „Ist das der Ausgang? Egal! Hauptsache raus aus dieser

Mausefalle!", flüsterte er.

Gerade noch so schaffte er es mit einem beherzten Hechtsprung aus der Höhle zu springen, die sich hinter ihm mit einem lauten Steinschlag verschloss.

Der weiche Pulverschnee federte seinen Sturz ab. Sternenklar war der Nachthimmel, unter dem er sich wieder fand.

„Glück gehabt!", dachte er sich, als er aufstand um sich den Schnee von der Jacke zu putzten. „Aber wo genau bin ich hier eigentlich gelandet?"

Fragend schaute er sich um. Als ihm jedoch auffiel das er nur ein paar hundert Meter weiter unten aus dem Berg gekommen war, als dort wo er ihn betreten hatte, fiel ihm ein großer Stein vom Herzen.

Jetzt wo er ein bisschen durchatmen konnte, schaute er sich an was er da erbeutet hatte. Ein wenig enttäuscht war er ja schon als bemerkte, dass es nur eine alte dreckige, staubige, verbeulte Öllampe war, die er da in seinen zittrigen Händen hielt.

„Seltsam, die Art und Weise wie sie gearbeitet ist, habe ich so noch nie gesehen...", murmelte er leise vor sich hin.

Er wusste nicht wieso und warum, aber irgendwas tief in ihm drin, weckte das unwiderstehliche Verlangen danach, die Öllampe von Staub und Dreck zu befreien...

15

Kapitel *I.II*

Der Weg führt uns
Heimwärts

Der klare Sternenhimmel über ihm zog sich langsam aber stetig zu, als er die Öllampe von Staub und Dreck befreit hatte. Blitze zuckten über den Himmel, Donner grollte bedrohlich durch die Nacht.

„Was? Schon wieder ein Gewitter?", flüsterte er und blickte ungläubig hinauf zum Himmel.

Als er die Lampe, warum auch immer, fallen ließ, landete sie auf ihrem Fuß und wurde von einem grellen Blitz getroffen, woraufhin sie zu glühen begann. Ihr entwichen dunkle, lilafarbene Nebelschwaden, Zwei Feuerrote Augen blitzten darin auf und schauten ihn böse an.

„Was habe ich da nur getan?", dachte er Angsterfüllt.

„Wer hat es gewagt, mich aus meinem Schlafe zu wecken?", donnerte es zu ihm hinab.

Der Nebel türmte sich auf, weiter und immer weiter hinauf, fast bis zum Himmel reichte er jetzt, als plötzlich ein weiterer gewaltiger Blitz zuckte und mitten in ihn hineinfuhr. Der Nebel färbte sich rot, fiel danach in sich zusammen und bildet den Körper einer jungen Frau ab. Sie ging runter auf alle Viere, reckte ihren Hintern weit in die Luft und streckt sich wie eine Katze, die gerade aufgestanden war. Mit offenem Mund und weit aufgerissen Augen starrte er sie an. Sie richtet sich auf und klimperte ein wenig mit ihren großen Haselnussbraunen Augen herum, während sie sich ihr langes schwarzes Haar zu einem Pferdeschwanz zusammen band. Bekleidet war sie mit einer dünnen roten Stoffhose und einem luftigen roten Oberteil, an ihren Armen trug sie je ein goldenes Armband und an den Füßen alte ausgetretene braune Lederpantoffel, die mit zwei Riemen an ihren Beinen befestigt waren.

„Oh mein Meister, viel zu lange habt ihr euch Zeit gelassen, mein Körper ist schon ganz steif von der blöden Warterei...", zwitscherte die Frau.

Immer noch komplett neben sich stammelt er.

„Wer, oder was, bist du?"

„Erinnert ihr euch etwa nicht mehr an mich? Wie konntet ihr mich nur vergessen?", sie stoppt mitten im Satz, schaut ihn verdutzt an und rannt auf ihn zu.

„Du bist nicht mein Meister! Wer bist *DU*?", zischte sie ihn an.

„Ich bin Karl, der Schweinehirt, aus Globoli. Und wer, bist du, wenn ich fragen darf?", fragte er.

„Mich nennt man Resy, und ich bin ein Dschinn!", gab sie Karl zu verstehen.

„Was ist denn bitte ein Dschinn? Und warum bist du kein Elementarwesen?", wollte Karl von ihr wissen.

Ungläubig schauten sich die beiden lange und tief in die Augen.

„Wo bin ich hier eigentlich? Wenn ich mir die Sterne so anschaue muss ich sehr weit weg von zu Hause sein.", sagte Resy.

„Resy war dein Name, richtig?", fragte Karl.

„Ja genau, jetzt sag schon wo bin ich hier gelandet und warum ist es so verdammt kalt?", wollte Resy von Karl wissen.

„Kein Wunder das dir kalt ist.", sagte er schmunzelnd. „So wie du gekleidet bist! Hier nimm meine Jacke, dann wird dir gleich wärmer!"

Resy zog sich Karls Jacke an, die ihr einige Nummern zu groß war, aber immerhin fror sie jetzt nicht mehr ganz so sehr.

„Um deine Frage von vorhin zu beantworten. Wir sind hier im Silbergebirge vor den Toren Globolis, das ist die Stadt, in der ich wohne, lebe und arbeite und es ist so kalt, weil wir Winter haben.", erklärte Karl.

„Winter? Noch nie hab ich davon gehört, ist das eines dieser Elementarwesen für das du mich anfangs gehalten hast?", fragte Resy neugierig.

„Nein, der Winter ist eine Naturgewalt, die uns jedes Jahr einmal heimsucht."

So redeten sie noch ein ganze halbe Weile weiter bis Resy eine Frage stellte, die Karl dazu anregte seine Sachen zu packen.

„Warum hast du eigentlich zwei verschieden farbige Augen?"

„Das blaue ist von meiner Mutter, einer Waldnymphe und das grüne von meinem Vater, einem Ziegenbock.", redete er so daher.

„Eine Waldnymphe, ist das wahr? Ich kenne ein paar…", begann Resy.

„Das war ein Scherz! Meine Eltern sind ganz normale Menschen. Mein Vater ist der beste Freund von Willie dem Trunkenbold unserer Stadt, er hat sie damals miteinander bekannt gemacht. Und meine Mutter…", Karl seufzte. „…über sie weiß ich leider nichts, sie ist verschwunden als ich noch ganz klein war. Vater spricht aber nicht mit mir darüber."

Karl stand auf und signalisierte ihr, das er aufbrechen wollte.

„Wenn du möchtest, kannst du mich gerne begleiten.", sagte er.

„Ich muss euch begleiten, ihr seid jetzt mein neuer Meister!", gab Resy zu verstehen.

Während sie den Berg hinab stiegen, erklärte Resy, Karl wie das mit einem Dschinn so läuft. So richtig verstand er es noch nicht, war aber irgendwie fasziniert von ihrer Geschichte.

Sie waren schon ein ganzes Stück den Berg heruntergelaufen, da stellt Resy, wieder eine seltsame Frage.

„Gibt es in deiner Stadt noch mehr Menschen mit so gelben Haaren, wie deine sind?"

„Das nennt man Blond und nicht gelb. Und ja, die gibt es, warum stellst du mir so komische Fragen?", hakte Karl nach.

„Ich habe bis jetzt nur Menschen mit schwarzen und weißen Haaren kennen gelernt. Dieses Blond, ist für mich neu.", sagte Resy.

Fragend blickte er sie an. Karl konnte sich nicht vorstellen das es da, wo auch immer sie herkam, keine Menschen mit blonden Haaren gab.

„Aus welchem Land kommst du eigentlich?", wollte Karl von ihr wissen.

„Aus einem Land, in dem es immer warm ist und in dem die Menschen auf Teppichen fliegen!", schwärmte Resy.

„Davon habe ich schon einmal gehört!", unterbrach sie Karl.

„Wirklich? Dann weißt du wo meine Heimat ist?", fragte Resy voller

Freude.

„Nein, das weiß ich leider nicht. Aber ich habe in meinem alten Märchenbuch davon gelesen, ich habe die Geschichten über das Land Safran geliebt!", erzählte Karl.

Resy war ein bisschen böse auf ihn, weil er sie nicht ernst nahm und sich über sie lustig gemacht hatte.

„Du weißt schon, dass in jeder Geschichte ein Körnchen Wahrheit versteckt ist, oder?", murmelte sie trotzig.

Karl lächelte sie an und nickte ihr zu. Der Weg durch den Wald, am Fuße des Silbergebirges, den sie gingen war lang und durch den frischen knirschenden Pulverschnee unter ihren Füßen auch recht anstrengend.

Langsam graute der Morgen, Resy hatte sich schon längst in ihre Lampe zurückgezogen, sie war es nicht gewöhnt so lange Strecken zu Fuß gehen zu müssen.

Als Karl die Stadtmauer Globolis erreichte, wurde gerade das große schwere Stadttor geöffnet, das Nachts immer verschlossen war, um die Stadt vor wilden Tieren zu schützen. Er schritt durch das Tor und war sichtlich erleichtert endlich wieder zu Hause zu sein. Der Schnee auf den Dächern glitzerte im Schein der aufgehenden Morgensonne, da krähte ein Hahn auf dem Mist, dort schüttelten Frauen die Betten an den Fenstern aus und auf dem Markt bauten die ersten Händler gerade ihre Stände auf. Alle begrüßten ihn freundlich als sie ihn sahen und er grüßte zurück.

Karl kaufte sich noch schnell etwas Kleines zum Frühstücken beim Bäcker Süß, ehe ihn seine Schritte zur Taverne lenkten. Er wusste, dass die Person, die er suchte, genau hier, zu finden sein würde. Angekommen an der Taverne „Zum Trunkenbold", leckte er sich den restlichen Zuckerguss von den Fingerspitzen, knäulte die Papiertüte zusammen, warf sie in den nächstbesten Mülleimer und stieß anschließend die große Holztüre der Taverne auf.

Kapitel *I.III*

Ein herzliches

Wiedersehen

Er betrat selbstbewusst und unerschrocken die Taverne, vor wem sollte er zu dieser frühen Stunde auch groß Angst haben? Die dunstige, rauchige Luft in ihrem inneren konnte man fast mit einem Messer in dünne Scheiben schneiden, was die Sonnenstrahlen hinter Karl auch taten. Die Tür fiel laut in ihr Schloss als Karl sie losließ.

„Willie? Wo bist du? Komm raus, ich weiß das du da bist!", rief er durch den leeren Gastraum.

„Ich bin hier hinten! Schrei nicht so laut, ich bin alt und ein klein bisschen schwerhörig, aber nicht taub!", schallte es aus einer der dunklen hinteren Ecken der Taverne. „Wo soll ich denn auch sonst sein? Ist schließlich meine Taverne. Ich lebe, wohne, arbeite und sterbe wahrscheinlich irgendwann auch genau hier!"

Ein kauziger alter Mann, mit langem weißem Bart und Halbglatze, trat ins grelle Licht der Morgensonne.

„Gut schaust du aus, ein bisschen staubig und müde, aber gut.", sagte Willie zu Karl.

„Danke, aber das weiß ich selbst.", antwortet er mit einem Augenzwinkern. „Wo ist mein Vater, hast du ihn letzte Nacht, wieder einmal unter den Tisch gesoffen?"

Da traf ihn ohne Vorwarnung ein harter Schlag am Hinterkopf, von dem er zu Boden ging.

„Wie redest du bitte von deinem altehrwürdigen Vater? Du frecher lause Bengel!"

„Guten Morgen, Heinz!", rief Willie.

„Morgen, Willie!", antwortete Heinz.

„Was heißt hier altehrwürdig und wie lange stehst du eigentlich schon hinter mir?", fragte Karl seinen Vater, als er sich wieder aufrappelte.

„Lange genug, um all deine Frechheiten gehört zu haben!", antwortete Heinz.

Beide schauten sich argwöhnisch an. Doch dann, nach ein paar Minuten, fielen sich die beiden, mit einem Lächeln im Gesicht, herzlich in die Arme.

„Schön, das du endlich wieder da bist, nach so langer Zeit!", flüsterte Heinz.

„Ich war doch nur zwei, höchstens drei Tage weg, Vater.", sagte Karl.

„Bist du um die Zeit etwa schon betrunken? Willie, was hast du ihm wieder eingeflößt?", fragte Heinz.

„Nichts berauschendes, ich schwöre!", antwortete Willie.

„Du warst über eine Woche weg!", sagte Heinz.

Fragend blickte Karl die beiden an.

„Stimmt das wirklich, Willie?", fragte er schließlich.

„Ich fürchte, dein Vater hat recht. Wir wollten schon aufbrechen, um dich zu suchen!", sagte Willie. „Setzt euch doch, ihr habt bestimmt einiges miteinander zu besprechen. Heinz einen Kaffee?"

23

„Mit Milch und Zucker, Bitte, Danke!", rief er.

„Du auch, Karl?", fragte Willie.

„So was vertickst du auch? Ich dachte du hast nur Alkohol auf Lager?", sprach Karl.

„Was ist jetzt? Ja oder Nein?", wollte Willie wissen.

„Hast du auch Tee? Ich mag keinen Kaffee...", sagte Karl.

„Schwarzen, oder einen anderen?", Willie holte eine große Holzkiste unter der Theke hervor, als er das sagte.

„Ja, einen schwarzen bitte, ohne alles. Danke!", rief ihm Karl zu.

Willie verzog sich hinter die Theke, um die Getränke vorzubereiten. Karl und Heinz setzten sich an einen der großen, runden, schweren Eichen Tische.

„Weswegen bist du eigentlich gleich nochmal losgezogen?", wollte Heinz wissen.

„Hatte ich dir das nicht gesagt?", fragte Karl. „Ich habe nach einem Elementarwesen gesucht."

„Hier bei uns im Silbergebirge? Da findest du höchstens eine alte Schmiede der Zwerge!", rief Willie hinter der Theke hervor.

„Zwerge im Silbergebirge? Du willst mich doch jetzt auf den Arm nehmen Willie! Und ja, ich wollte ein Elementarwesen finden!", sagte Karl.

„Sohn, du weißt doch das es die hier bei uns schon lange nicht mehr gibt!", sprach Heinz.

„Ja Vater, das weiß ich doch, aber die Hoffnung stirbt bekanntlich zuletzt.", gab Karl zu verstehen.

„Das stimmt schon, aber sie stirbt am Ende auch! Und, wie ist es gelaufen? Hast du eines gefunden?", fragte Heinz.

„Nein, hab ich nicht…", antwortete Karl kleinlaut.

„Vielleicht, etwas anderes?", wollte Willie von ihm wissen, als er den Kaffee und Tee auf dem Tisch abstellte und sich dazu setzte.

Die Tassen dampften und der Geruch von frisch gebrühtem Kaffee durchströmte die gesamte Taverne.

„Ja, das gute Stück hier!", sagte Karl.

Er kramte die Öllampe aus der Tasche und stellte sie mitten auf den Tisch.

„Na ja, wenigstens etwas brauchbares. Die kann man sicher gut verkaufen!", sagte Heinz so daher.

Er hatte kaum zu Ende gesprochen, da begann die Lampe zu wackeln und zu Beben. In ihr entwickelte sich dunkler lilafarbener Nebel, der mit Hochdruck, wie aus einem Teekessel aus ihr entwich. Alle drei erschreckten sich fast zu Tode, als plötzlich Resy vor ihnen auf dem Tisch auftauchte, sich zu voller Größe aufbaute und dabei ihre Brüste und Hüfte vor Wut wild schüttelte.

„Wer soll hier bitte verkauft werden? Sind wir hier vielleicht auf einem Basar, oder was?", schrie sie mit feuerrot glühenden Augen, als sie sich hinab beugte um ihnen böse in die Augen zu schauen.

„Eine halbnackte Frau…", stammelte Heinz und bekam Nasenbluten.

„So was habe ich schon ewig nicht mehr gesehen...", sagte Willie, dem bereits der Zahn anfing zu tropfen.

25

„Kannst du dir bitte etwas anderes anziehen, Resy? Die beiden kippen gleich aus den Latschen, wenn du weiter so mit deinen Brüsten und dem Hintern wackelst!", mahnte sie Karl.

„Oh! Natürlich, bitte entschuldige, mein Meister! Wird sofort erledigt!", Resy schnippte kurz mit den Fingern der rechten Hand und aus ihrem knappen zwei Teiler wurde Landestypische Kleidung.

„Ach wie schade, ich hätte sie mir gerne noch ein wenig länger angesehen…", flüsterte Willie enttäuscht.

Diesmal war es Willie, der die Schelle kassierte, aber nicht von Heinz oder Karl, sondern von Resy.

Kapitel *I.IV*

Weit **e**ntfernt **i**m **h**eißen **S**and

liegt **d**ie **S**tadt

Safran

Die vier redeten noch den ganzen Tag und die halbe Nacht über die
Sachen, die wir schon wissen und zusammen mit Karl erlebt haben.

Schauen wir doch, solange sie noch reden, einmal in das alte
Märchenbuch das Karl erwähnt hatte. Er sagte etwas vom Lande Safran,
mal schauen, ob wir es irgendwo finden werden...

Ein paar Tagesreisen von Globoli entfernt, weit hinter dem Silbergebirge,
in einer staubigen, trocknen Wüste gab es eine große und prächtige Stadt
sie war und ist es auch heute noch, die Hauptstadt des Landes Safran und
hört ebenfalls auf diesen wohlklingenden Namen.

Aus dem Palast des Sultans Pecorino hörte man an diesem Morgen lautes
Geschrei und Getöse, so laut das selbst die Tauben, die hier her zum
Überwintern hergekommen waren, freiwillig den Rückzug antraten und
wieder nach Hause, in den kalten Winter flogen.

Eine junge Frau, in orientalischer Kleidung, mit tief braunen Augen
und langem schwarzen Haar, welches sie zu einem Zopf geflochten hatte,
hetzte durch die langen, verwinkelten Gänge des Palastes.

„Oh mein Gott, oh mein Gott, so ein Ärger aber auch...", hörte man
sie flüstern.

„Merle! Wo bist du, zum Donner noch mal!", hörte man es wieder laut
rufen.

„Hier bin ich, euer Gnaden, mein Sultan Pecorino!", rief Merle
keuchend, sie war außer Atem und musste kurz Luft holen.

„Was musste ich da Schlimmes hören? In meine Schatzkammer wurde
eingebrochen?", schimpfte der Sultan.

Der Sultan war eigentlich ein herzensguter, ruhiger und gemütlicher
Zeitgenosse. Auch wenn er optisch einen anderen Eindruck hinterließ,
groß und muskulös, mit schwarzem gezwirbeltem Schnurrbart, einem
großen bunten Turban der sein Haar zur Gänze verdeckt und stechendem
Blick. Merle fiel demütig vor ihm auf die Knie.

„Ich bin untröstlich, mein Sultan.", schluchzte sie.

„Merle, ich hab dich nicht umsonst zu meinem neuen Großwesir
ernannt! Schon dein Vater und dein Großvater haben mir und meinem
Vater treu gedient!", brummte der Sultan.

Merle schwieg und hielt den Kopf gesenkt. Sie wusste genau das, egal
was sie jetzt auch immer sagen würde, gegen sie verwendet werden würde.

Nach einer kurzen Zeit des Schweigens, ergriff der Sultan wieder das
Wort und fragte mit ruhiger Stimme.

„Was, wurde überhaupt aus der Schatzkammer gestohlen?"

„Der große Smaragd...", sagte Merle kleinlaut.

Man sah dem Sultan an das er mit sich rang, dennoch blieb er ruhig.

„Du weißt das der Smaragd, der Herrscherstein unseres Landes ist, oder?", fragte er Merle.

„Ja, mein Sultan, das ist mir durchaus bewusst.", antwortete sie.

„Gibt es einen Hinweis auf die Diebe?", wollte der Sultan von ihr wissen.

„Wir haben das hier gefunden.", sagt Merle, zog etwas aus ihrer Tasche und übergab dem Sultan das Fundstück.

Er schaute es sich mit strenger Mine genau an.

„Bring Mohn und Sesam zu mir.", sagte der Sultan.

„Die Kümmel Geschwister? Ich möchte nicht unverschämt klingen aber, wie sollen uns zwei Gewürzhändler in dieser Situation weiterhelfen können?", wollte Merle von ihrem Sultan wissen.

„Vertraust du mir etwa nicht?", fragte der Sultan mit hochgezogener Augenbraue und schelmischem lächeln.

„Aber natürlich tue ich das mein Sultan!", gab Merle unmissverständlich zu verstehen.

„Worauf wartest du dann noch? Mach dich sofort auf den weg!", sprach der Sultan und wedelte mit seiner Hand durch die Luft, um Merle zu signalisieren das sie sich beeilen soll.

Sie verbeugte sich tief vor ihrem Sultan und machte sich auf die Suche nach den beiden Gewürzhändlern. Um diese Tageszeit, dachte sie sich, müssten sie irgendwo auf dem Markt zu finden sein.

In der Stadt herrschte an diesem Morgen reges Treiben, viele hundert Menschen und Tiere schlängelten sich durch ihre engen Gassen und Wege.

Es würde nicht leicht werden die beiden in diesem Gedrängel zu finden. Aber Merle wusste sich zu helfen. Sie hat eine sehr gute Nase und mit der sollte man Gewürzhändler spielend leicht finden können. Es dauerte auch nicht lange bis sie eine Fährte aufgenommen hatte, doch diese führte sie vorerst nur zu ihrem Lieblingsnachtisch, Baklava.

„Frau muss sich ja auch mal Stärken!", sagte sie zu sich.

Merle überreichte dem Händler eine Goldmünze für seine Ware und setzte sich unter eine nahe Palme. In deren Schatten verspeiste sie genüsslich ihre Baklava.

Kapitel *I.V*

Auf der Suche nach den

Gewürzhändlern

Frisch gestärkt und mit vollem Bauch, machte sich Merle wieder auf die Suche nach Mohn und Sesam. Sie versuchte sich daran zu erinnern wie die beiden aussahen. Er, Mohn war ein kleiner rundlicher Man mit schwarzem Bürstenhaarschnitt, Doppelkinn und leichtem Überbiss, einem kleinen Fez auf dem Kopf und dunklen braunen Augen. Sie, Sesam hingegen war ein schlanke hochgewachsene Frau, die ihrem Bruder, in keinster Weise ähnlich sah und ihn um anderthalb Köpfe überragte, sie trug ihr schulterlanges hellbraunes Haar meist offen, anders wie ihr Bruder hatte sie keine braunen, sondern hellgrüne Augen und eine spitze Hakennase.

„Ja, so oder so ähnlich müssen sie aussehen, wenn ich mich nicht ganz täusche. Jetzt muss ich nur noch meiner feinen Nase folgen und die Augen weit offenhalten, wenn ich die beiden in diesem Getümmel finden möchte.", so schnüffelte sich Merle ihren Weg durch die vielen Gassen und das endlose Gedränge.

Einige Gänge weiter, in einer der hinteren, dunkleren Gassen, feilschte ein ungleiches Paar, mit einem Händler um ein paar reich verzierte Tonkrüge.

„Mohn, ich sage dir, das ist viel zu teuer!", meckerte die Frau.

„Unsinn Sesam, für exotische Gewürz und kunstvolle Tonkrüge, kann man nie zu viel bezahlen!", sagte der kleine rundliche Mann.

Merle bog um die Ecke und erblickte die beiden. Kurz musste sie überlegen, ob es auch wirklich die beiden Gestalten waren, die sie suchte. Als Merle jedoch deren Stimmen hörte wusste sie genau, dass es die beiden waren, die sie gesucht hatte.

„Ihr solltet gut aufpassen, der Kerl will euch sicher über den Tisch ziehen!", rief sie ihnen zu.

Als der Händler Merle bemerkte, hörte man ein leises, „Verdammt!", von ihm und schneller als man schauen konnte, waren der Stand und der Händler wie vom Erdboden verschwunden.

„Na großartig, vielen herzlichen Dank auch, Fräulein Großwesir, euer Ruf eilt euch mal wieder Meilen weit voraus!", meckerte Mohn lautstark, das es auch jeder hören konnte.

„Aber sehr gerne doch, Herr Gewürzhändler!", grinste Merle.

„Womit haben wir das, unerwartete Vergnügen?", wollte Sesam von ihr wissen.

Merle erklärte ihnen so schnell als möglich die missliche Lage, in der sie sich befand. Und so brachen sie unverzüglich zum Palast des Sultans auf, denn wenn der Sultan ruft, musste man erscheinen, ob man nun wollte oder nicht.

Als sie die Gemächer des Sultans erreichten, erwartete er sie bereits ungeduldig.

„Willkommen, die Dame und der Herr!", begrüßte sie der Sultan.
„Merle hab Dank, du darfst dich fürs erste zurückziehen, ich lasse nach dir

schicken, wenn ich wieder deine Dienste benötige."

„Wie ihr es wünscht, mein Sultan!", so verließ Merle den Sultans und verschloss hinter sich die große schwere Tür.

In den Gemächern des Sultans unterdessen verbeugten sich Mohn und Sesam vor ihrem Sultan so tief sie konnten.

„Wie können wir euch heute zu Diensten sein?", sagten sie im Chor.

„Ihr kommt gleich zur Sache was? Das Gefällt mir!", er drehte sich um und kramte eben jenes Fundstück hervor, das ihm Merle ein paar Stunden zuvor überreicht hatte.

Sesam nahm ihm den Gegenstand aus der Hand und untersuchte ihn interessiert von allen Seiten. Mohn musste sich auf seine Zehenspitzen, stellen um halbwegs etwas erkennen zu können. Urplötzlich riss Sesam die Augen weit auf, ihr Gesicht wurde blass um die große Nase herum, sie ließ den Gegenstand fallen und ging ein paar Schritte zurück.

„Was ist los mit dir Schwesterherz?", fragte Mohn, er hatte sie noch nie so entsetzt gesehen.

„Das, das kann nicht wahr sein, ich weigere mich das zu glauben…", murmelte Sesam vor sich hin.

„Mohn, was ist hier bloß los?", fragte der Sultan. „Was hat sie auf einmal?"

„Ich fürchte, mein Sultan, sie weiß um was es sich handelt. Sie braucht aber allem Anschein nach aber einen Moment, bis sie sich wieder etwas beruhigt hat.", erklärte Mohn.

Der Sultan ließ nach Kaffee, Tee und frischem Gebäck schicken. Sie ließen Sesam ein wenig Zeit. Mit einem Becher heißen Kaffee in der Hand bekam sie langsam wieder Farbe im Gesicht und begann wieder zu reden.

„Ich hätte nicht gedacht, dieses Symbol nochmal einmal sehen zu müssen…", begann sie.

„Was bitte meinst du Sesam?", wollte Mohn wissen.

„Das kannst du nicht wissen, Mohn. Ich war damals ganz alleine und ohne dich auf Reisen gewesen. Ich weiß zwar nicht mehr ganz genau wie, wo oder wann ich es zuletzt gesehen habe, aber es muss in einem der östlichen Tempel gewesen sein.", erzählte Sesam weiter.

„Dann ist es also wirklich wahr?", stammelte der Sultan.

„Ja mein Sultan, ich fürchte es ist so.", sagte Sesam.

„Wovon redet ihr beiden da bitte?", drängte Mohn, er war der Einzige im Raum, der nicht wusste worum es ging.

„Omnikron.", sagte Sesam, sie sprach den Namen leise und mit sehr viel Ehrfurcht aus.

„Die letzten Aktivitäten des Omnikron Kultes von denen ich weiß, sind vor fünf Generationen gewesen.", sagte der Sultan mit gesenkter Stimme.

Mohn stand immer noch da und wusste nicht so recht, was er davon halten sollte. „Ist das nicht nur eine dieser alten Legenden, die man sich erzählt, um kleinen, unartigen Kindern ein bisschen Angst zu machen?", fragte er unsicher.

„Das hab ich bis eben auch gedacht.", sagte der Sultan. „Aber so wie es aussieht ist es nicht nur eine Geschichte. Wenn es stimmt, was Sesam da gerade gesagt hat!"

Er ging kurz nach draußen und ließ nach Merle rufen.

„Das ging aber schnell.", dachte sie, als der rufe des Sultans sie erreichte.

Merle wurde schon sehnsüchtig von allen anwesenden erwartet, als sie die Gemächer des Sultans betrat.

„Merle, was weißt du über Omnikron?", fragte der Sultan.

„Mein Sultan, bei allem nötigen Respekt aber, ist das nicht nur eine dieser vielen Geschichten, die man kleinen Kindern erzählt die unartig waren?", fragte Merle vorsichtig.

Schweigen machte sich breit.

Schließlich ging Sesam auf Merle zu und hielt ihr die Fundsache unter die Nase.　„Was denkst du, ist das hier?", fragte sie.

„Wenn du mich so fragst, ist es wahrscheinlich nicht das, für das ich es gehalten habe, oder?", antwortete Merle.

„So ist es, das Zeichen darauf, ist das Zeichen von Omnikron. Wir, auch unser Sultan waren der Ansicht, dass er nicht mehr existiert.", erklärte Sesam.

„Wir müssen aber leider davon ausgehen, dass er wieder auferstanden ist!", meinte der Sultan.

„Was, werden wir jetzt tun?", fragte Merle sichtlich verunsichert.

Da ergriff Mohn das Wort, der bis eben stumm in einer Ecke gesessen hatte.　„Entschuldigt bitte, wenn ich mich einmische, aber ich denke, es wird das Beste sein, wenn wir uns aufteilen.", schlug er vor.

„Wie meinst du das Mohn?", fragte seine Schwester.

„Ganz einfach Sesam, du hast doch vorhin gesagt, du hast das Zeichen irgendwo in einem Tempel im Osten gesehen hast. Wir wollten doch ohnehin eine Reise in diese Richtung unternehmen, da können wir doch gleich die Augen offenhalten.", erklärte Mohn.

„Das ist eine sehr gute Idee, macht euch am besten gleich auf den Weg!", sagte der Sultan.

Gesagt, getan Mohn und Sesam verbeugten sich noch schnell und waren sogleich verschwunden.

„Darf ich euch eine Frage stellen?", fragte Merle.

„Nur zu Merle, keine Scheu.", antwortete der Sultan.

„Sind die beiden wirklich nur Gewürzhändler?", wollte Merle wissen.

„Nicht wirklich, die beiden Handeln eigentlich mit allem, was ihnen so in die Hände fällt.", sprach der Sultan.

„Was wird meine Aufgabe sein?", unterbrach ihn Merle.

„Du Merle, wirst nach Westen aufbrechen, um etwas für mich zu suchen.", sagte der Sultan zu ihr.

Merle schwieg, sie war unsicher, in diese Himmelsrichtung war sie noch nicht sehr oft gereist. Es wäre für sie neues, unbekanntes Terrain und doch, packte sie tief in ihrem Inneren die Abenteuerlust.

„Wie…", wollte Merle fragen, da ergriff der Sultan bereits wieder das Wort.

„Ich werde dir eines meiner schnellsten Kamele und diese Karte hier anvertrauen. Es wird sicher keine einfache Reise werden, das ist mir bewusst. Du wirst aber an einigen Oasen und Dörfern vorbei kommen, wo du rasten und deine Vorräte auffüllen kannst."

Merle nahm die Karte des Sultans dankend an und verstaute sie in einer ihrer Taschen.

„Wonach werde ich suchen?", wollte Merle noch vom Sultan wissen.

„Wenn du es findest, wirst du es wissen. Mehr kann ich dir im Moment leider auch nicht sagen, da ich es selbst nicht weiß. Folge deiner Nase, dann wirst du es sicher finden.", sprach er.

Merle nickte mit dem Kopf und verbeugte sich. Sie wusste das der Sultan ihr diese Aufgabe nicht umsonst gegeben hatte. So entfernte sie sich, um alle nötigen Vorbereitungen zu treffen und am nächsten Morgen, in aller Frühe, noch vor dem ersten Hahnenschrei aufbrechen zu können.

Als Merle den Palast verließ, stand der Sultan auf seinem Balkon und beobachtete sie.

„Hoffentlich bist du schon bereit für diese große Reise...", flüsterte er.

Kapitel *I.VI*

Wohin führt diese

Karte

Seit jenem Tag, an dem Merle aufgebrochen war, sind einige Monde über Safran auf und unter gegangen. Doch mittlerweile machte sich ein ungutes Gefühl in ihr breit, dass sie sich immer nur im Kreis bewegt.

„Die Wüste sieht aber auch in jeder Himmelsrichtung gleich aus...", dachte sie sich.

Einzig das Kamel des Sultans, auf dessen Rücken sie saß, schien die Situation weder zu stören noch zu beunruhigen, es trampelte gemütlich immer weiter vor sich hin, über den heißen Wüsten Sand.

Merle ging langsam das Wasser aus, ihr wurde schwindelig, sie hielt sich mit letzter Kraft auf dem Sattel zwischen den Höckern des Tieres, bis ihr schließlich schwarz vor Augen wurde. Zu ihrem Glück bemerkte das Kamel, das sie ohnmächtig geworden war, es änderte von selbst die Richtung und ging noch weiter hinein in die staubtrockene Wüste...

Merle brummte der Schädel, als sie wieder zu sich kam. Das kleine Kind, welches zu ihren Füßen stand, erschrak und rannte laut schreiend, aus der kleinen Lehmhütte in der sie lag hinaus.

„Wo bin ich hier?", murmelte Merle vor sich hin.

Da kam ein alter Mann herein, er hatte einen knochigen Stock bei sich auf den er sich stützte, er trug einen bunten reich verzierten Turban und hatte seinen langen weißem Bart zu einem eleganten Zopf geflochtenen.

„Du bist aufgewacht, sehr schön!", sagte er lächelnd.

Immer noch leicht benommen griff sie nach der Hand des Alten, die er ihr reichte und zog sich langsam an ihr hoch.

Merle wurde von der Sonne geblendet, als sie ins Freie traten.

„Wie und wo bin ich?", stammelte sie.

„Das, werde ich dir gerne erzählen. Wie, ist eigentlich ganz einfach. Das hast du deinem klugen Kamel zu verdanken, es hat dich aus Gründen, die es mir immer noch nicht verraten hat, hier her zu uns gebracht. Und das Wo, ist auch nicht so schwer, wir sind hier ungefähr zwei Tagesreisen südlich von Safran.", erklärte der alte Mann.

„Südlich? Aber… Ich wollte doch nach Westen…", Merle sank in sich zusammen und ihr rann eine dicke Träne über die Wange.

Der Alte kniete sich hinunter zu ihr und legte seine Hand auf ihre Schulter.

„Na na, jetzt wird nicht geweint! Für heute Nacht kannst du sehr gerne, hier bei uns bleiben und heute Abend beim Essen erzählst du mir deine ganze Geschichte. Einverstanden?", sagt er.

Merle wischte sich die Krokodilsträne von der Wange und nickte ihm lächelnd zu. Der alte Mann gab Merle die Hand und verabschiedete sich vorerst von ihr. Er legte ihr aber nahe sich ein wenig auszuruhen, um wieder zu Kräften zu kommen. Er kannte Merle jedoch nicht gut genug, um zu wissen, dass ihre Neugier zu stark war und sie lieber das Lager erkundete.

Der Abend kam schneller als erwartet und ohne das sie es gemerkt hatte, fand sich Merle neben dem Alten an einem großen runden reich gedeckten Tisch wieder.

„Wir haben uns ja einander noch gar nicht vorgestellt!", stellte der Alte fest.

Merle merkte, wie sie etwas rot im Gesicht wurde, es war ihr peinlich, das hatte sie völlig vergessen gehabt.

„Ich heiße Merle und bin…", sie zögerte kurz." „…ich reise im Auftrag des Großwesirs von Safran durch das Land.", log sie schließlich.

Der Alte zog seine linke Augenbraue hoch, als er das hörte.

„Wie ist euer Name?", fragte Merle.

„Barbaros, ist der Meinige! Jetzt lass uns aber erst einmal etwas essen, du siehst sehr hungrig aus. Später können wir immer noch über alles in Ruhe reden.", sagte er.

Nach einem festlichen Mal, mit frischem Brot, gegrillten Fleisch, viel Obst und Gemüse, zündete sich Barbaros seine Pfeife an und sein Blick fiel wieder auf Merle.

„Jetzt erzähl doch mal, was machst eine junge, hübsche Frau wie du, so Mutterseelen allein in der großen Wüste?", fragte Barbaros.

Merle war sich noch immer nicht sicher, ob sie ihm auch wirklich trauen konnte, er hatte ihr zwar das Leben gerettet, dennoch erzählte sie ihm nicht die ganze Geschichte.

„So ist das also. Jetzt verstehe ich dein Problem, du kommst nicht mit der Karte des Großwesirs zurecht. Zeig sie mir doch bitte einmal.", sagte Barbaros.

Merle gab ihm die Karte. Er schaute sie sich genau an und begann zu lächeln.

„Komm doch mal eben mit.", sagte er zu ihr.

Die beiden erhoben sich und gingen an den vielen Tischen vorbei, an denen die Leute noch immer tranken und sangen, zum Ausgang der Hütte. Draußen war es bereits Nacht geworden, der Mond schien hell und es war sternenklar.

„Weißt du in etwa, wie die Karte aussieht?", fragte er.

„Ja Barbaros, das weiß ich ziemlich genau.", antwortete Merle. „Ich habe sie mir die letzten Tage sehr oft und gründlich angesehen."

„Dann tritt bitte hinaus in Mondlicht und schau sie dir erneut an.", sprach Barbaros.

Merle wusste nicht warum, doch sie tat, wie er es ihr gesagt hatte. Sie entfaltete die Karte und das Mondlicht viel darauf, doch nichts passierte. Merle drehte sich um zu Barbaros und schaute ihn fragend an. Seine Kopfbewegung ging in Richtung der Karte, sie hatte dank des Mondlichtes ihr Geheimnis offenbarte. Es taten sich Linien, Symbole und Hinweise auf wo vorher keine zusehen waren. Merle kam aus dem Staunen nicht mehr heraus, mit offenem Mund schaute sie Barbaros an.

„Woher habt ihr das gewusst?", wollte Merle von ihm wissen.

„Die Mondkarten, sind eine alte Tradition im Palast des Sultans. Oh, und bevor du fragst, dein Reittier und deine Kleidung haben dich verraten!", sprach Barbaros.

Merle lief auf ihn zu und umarmte ihn, zusammen gingen sie wieder zurück in die Hütte, um den Abend gemütlich ausklingen zu lassen.

Am nächsten Morgen in aller Früh, kurz nach dem Sonnenaufgang brach Merle wieder auf, sie wurde herzlich von Barbaros verabschiedet.

„Möchtest du nicht doch noch ein Weilchen länger bleiben?", fragte Barbaros.

„Danke, aber ich habe schon viel zu viel Zeit verloren, die ich kaum noch aufholen kann.", antwortete Merle, als sie auf ihr Kamel kletterte.

„Das kann ich gut verstehen. Lass dir aber gesagt sein, dass du hier bei uns jederzeit herzlich Willkommen bist. Ich wünsche dir eine gute Reise!", sprach Barbaros.

„Ich danke euch für alles!", sagte Merle.

Mit diesen Worten verabschiedete sie sich von Barbaros und verschwand in der Unendlichkeit der Wüste, er winkte ihr noch lange nach, bis er sie nicht mehr sehen konnte und ging dann zurück zu seinen Leuten.

Kapitel *I.VII*

Zu Besuch bei der alten

Moorla

Der Winter hatte nun endgültig Einzug in Globoli gehalten und alles in ein weißes, bitterkaltes Kleid gehüllt. Karl saß im Schneidersitz auf einem großen Stein nahe des Schweinehofes seines Vaters und genoss die wärmenden Strahlen der Wintersonne.

„Hey Karl! Wo bist du schon wieder?", rief Heinz.

„Ich bin hier! Was ist passiert, Vater?", antwortete Karl.

„Dein bloder Kater, Moritz ist mal wieder abgehauen!", sagte Heinz.

Karl stöhnte genervt.

„Nicht schon wieder!", meckerte er. „Ich geh ihn suchen, ich denke, ich weiß schon, wo er sich wieder herumtreibt."

„Lass dir nicht allzu viel Zeit, es wird bald dunkel werden.", mahnte ihn Heinz.

„Blöde Katze.", murmelte Karl vor sich hin als er loslief.

Da erschien Resy aus dem nichts hinter ihm.

„Sag so was bitte nicht über ihn! Ich mag den kleinen roten Tiger!", trällerte sie.

Karl lächelte sie an und war froh nicht allein gehen zu müssen.

„Wo gehen wir überhaupt hin? Du hast doch gesagt, dass du glaubst zu wissen wo er steckt.", wollte Resy wissen.

„Zum Moor der Vergessenen.", sagte Karl knapp.

Resy fragte nicht weiter nach, Karl schien in Gedanken versunken zu sein.

Auf ihrem Weg zum Moor kamen sie an einem brach liegenden Getreidefeld vorbei, an dessen Rand eine verfallene Windmühle stand. Karl blieb abrupt stehen und Resy stolperte beinahe von hinten in ihn hinein.

„Hier habe ich mich früher, wo ich noch kleiner war, immer vor meinem Vater versteckt.", Karl seufzte. „Du sahst auch schon mal besser aus.", sagte er und schaute zu der alten Windmühle hinüber.

Resy schaute ihn fragend an.

„Komm, gehen wir weiter, es ist nicht mehr allzu weit, Moritz wartet sicher schon auf uns.", Karl nahm Resy an die Hand und sie gingen weiter.

Die beiden setzten ihren Weg fort über einen breiten Fluss, Stock und Stein, bis sie einen dichten, dunklen unheimlichen Wald erreichten.

„Wir sind da, im Herzen dieses Waldes liegt das Moor.", sagte Karl mit gesenkter Stimme.

Resy blickte interessierte in Richtung der Bäume. Sie erschrak sich fast zu Tode und flüchtete hinter Karl´s Rücken, als diese sich plötzlich bewegten und eine Person aus dem Dunkel des Waldes ins Licht trat. Karl erkannte ihn sofort.

„Willie! Dich hätte ich als letzten hier erwartet. Was machst du denn hier?", rief er.

„Hallo Karl und Resy! Ich habe die alte Moorla besucht. Und was wollt ihr hier?", fragte Willie, als er den Kopf hob.

„Wir suchen den Kater von Karl.", sprach Resy.

„Ist das dieser freche rote Fellball?", wollte Willie von Resy wissen.

„Ja das ist er!", Resy freute sich zu hören, dass Willie ihn gesehen hatte.

„Ich wusste gar nicht, das du die alte Moorla kennst.", sagte Karl.

„Karl mein Freund, du bist nicht der Einzige der in regelmäßigen Abständen hier her kommt.", gab Willie zu verstehen.

„Das ist nur wegen meinem doofen Kater!", zischt er.

Resy konnte sich das Lachen nicht verkneifen.

„Karl, ich muss leider weiter, wir sehen uns später!", sagte Willie und verabschiedete sich von den beiden.

Er ging langsam und ruhigen Schrittes in Richtung Globoli davon.

„Dann wollen wir mal!", murmelte Karl leise.

„Hast du etwa Angst, Karl?", stichelte Resy.

„Nein, es ist nur…", er seufzte. „Ach, du wirst es schon selbst sehen, wenn du Moorla gegenüberstehst.", sprach Karl.

Und so gingen sie in den dunklen, düsteren unheimlichen Wald hinein.

Der Wald war so dicht, dass kaum ein Lichtstrahl, durch das dichte Blattwerk hindurch drang. Resy schnippte einmal mit den Fingern ihrer rechten Hand und eine kleine rotglühende Flamme erschien auf ihrer Handfläche, gerade so hell, dass sie ihnen ein wenig den steinigen Weg erleuchten konnte. Sie gingen vorbei an uralten Bäumen, moosbewachsene

Felsen und einem wilden Bachlauf. Je weiter sie in den Wald vordrangen, umso mehr kleine Lichter schwirrten um sie herum. Resy wollte wissen was das für Geschöpfe sind.

„Das sind Waldgeister und rastlose Seelen von verstorbenen Menschen und Tieren, die kein zu Hause mehr haben oder noch eine Aufgabe erfüllen müssen.", versuchte Karl ihr zu erklären.

Resy blickte ein wenig verstört drein, als sie das hörte, so etwas kannte sie überhaupt nicht.

Die Tiere, die sie auf ihrem Weg entlang des Bachlaufes trafen, zeigten alle das gleiche seltsame Verhalten. Erst schauten sie, die beiden interessiert an und als Resy sich ihn dann nähern wollte, um sie sich einmal genauer anschauen zu können rannten sie plötzlich weg, tief hinein ins dunkle Herz des Waldes.

„Warum rennen sie denn alle weg?", wollte Resy von Karl wissen.

„Wegen Moorla! Sie weiß schon jetzt, dass wir zu ihr kommen, die Tiere sind ihre Augen und Ohren.", sagte Karl.

Plötzlich blieb Resy stehen. Karl drehte sich zu ihr um und schaute sie an.

„Was hast du?", fragte er.

„Hast du das eben auch gehört?", fragte Resy.

„Nein? Was denn?", wollte Karl wissen.

„Raus aus meinem Moor ihr frechen Lümmel! Hat da jemand gerufen.", sagte Resy.

Karl nahm Resy wieder an die Hand.

„Das hast du dir sicher nur eingebildet!", sagte er mit ruhiger Stimme.

Resy kratze sich am Kopf und fragte sich, ob Karl recht gehabt hat mit dem was er gesagt hatte, als sie an einem donnernden Wasserfall vorbei kamen.

Ein kurzes Stück später, erreichten sie eine halbhohe Backsteinmauer und ein gemauertes Steintor. Karl stoppt abrupt und Resy stolperte diesmal von hinten in ihn hinein und beide gingen zu Boden. Was hinter dem Tor war, konnte man nicht erkennen es war verschwommen.

„Was ist das?", wollte Resy wissen, als sie wieder aufstand.

„Ich weiß es nicht genau, aber ich denke es ist eine Art Bannkreis.", sagte Karl, als er sich den Dreck von der Hose klopfte.

„Warum das denn?", fragte Resy.

„Das kann ich dir auch nicht sagen, vielleicht versteckt sie sich hier vor irgendetwas oder irgendjemandem.", sprach Karl.

Ohne große Mühe durchschritten die beiden das Tor, dahinter erschien endlich das Moor. In dessen Mitte stand eine kleine Strohhütte, zu der ein schmaler Holzsteg führte. All die Tiere, die sie unterwegs gesehen hatten, standen am Rand des Moores, so als ob sie auf die beiden gewartet haben.

„Schau Resy, siehst du sie? Da hinten die alte Frau, sie sich auf den Stock stützt, in dem Kapuzenumhang. Das ist Moorla und auf ihrer Schulter, ich glaub´s ja nicht, sitzt Moritz!", sagte Karl.

„Das ist sie also...", nuschelte Resy unverständlich vor sich hin.

„Komm gehen wir hin und holen den kleinen, dicken Stinker ab.",
sprach Karl.

So machten sie sich auf den Weg, über den Steg. Das Moor unter ihnen
blubbert an manchen Stellen bedrohlich vor sich hin, jedes Mal wenn eine
der großen Blasen platze stank es fürchterlich nach faulen Eiern.
Währenddessen sprang der Kater, Moorla von der Schulter. Sie schob die
Kapuze ihres Umhangs nach hinten und gab damit ihr Gesicht Preis.
Moorla war und ist es wahrscheinlich auch heute noch, eine alte dünne
Frau mit Feuerroten Haaren und gelben Augen, fast wie die einer Schlange
und einer dicken Nase mit einer Warze auf der Spitze.

„Schön, dass auch du den Weg wieder einmal zu mir gefunden hast,
Karl!", ihr Stimme klang glockenklar und doch hatte sie etwas
angsteinflößendes an sich.

„Ich will nur meinen Kater abholen, sonst nichts!", betonte er.

„Warum bist du immer so unfreundlich zu mir? Habe ich dir je etwas
schlechtes Prophezeit?", fragte Moorla frech.

„Sagen wir es mal so, es war nie etwas Schlechtes aber etwas Gutes
war auch nie dabei gewesen!", sagte Karl.

„Hör mir jetzt genau zu! Du wirst in sehr naher Zukunft eine
schicksalhaft Begegnung erfahren!", ihr Augen leuchteten als sie das
sagte.

„Diese Begegnung hatte er schon! Nämlich mich!", rief Resy.

„Dich meinte ich nicht, Mädchen! Du bist nur ein Schutzdschinn nicht
mehr und nicht weniger! Auch wenn ich zugeben muss, dass du nicht ganz

unschuldig an der Begegnung sein wirst!", zischte Moorla.

Resy zuckte zusammen und wirkte leicht eingeschüchtert.

„Komm Resy, wir schnappen uns Moritz und dann verschwinden wir von hier, das führt eh zu nichts!", drängte Karl.

Er nahm Moritz auf den einen Arm, Resy an die andere Hand, drehte sich mit beiden im Schlepptau um und ging, ohne ein weiteres Wort zu sagen, den Steg entlang zurück zu dem Steintor.

„Hör auf meine Worte!", rief Moorla ihm hinterher. „Eine Fremde wird kommen und dein Leben komplett auf den Kopf stellen!"

Sie waren schon so weit gegangen das sie Moorla kaum noch hören konnten. Als sie das Steintor durchschritten und somit den Bannkreis verlassen hatten, hörten sie, die Alte gar nicht mehr.

„Ist sie immer so?", wollte Resy wissen.

„Nein, normalerweise ist sie noch viel schlimmer, ich glaube du hast sie ein wenig verunsichert.", sprach Karl.

Resy sagte nichts dazu.

„Weißt du, ich denke das Problem ist einfach, das immer, wenn sie etwas von mir will, lockt sie, wie auch immer sie das macht Moritz zu sich. Und das schlimme ist, das was sie sagt wird meistens wahr!", erklärte Karl.

Resy hört ihm schon länger gar nicht mehr zu.

„Nur ein Schutzdschinn, bin ich also, aber was beschütze ich denn?", murmelte sie vor sich hin.

„Das kriegen wir schon noch raus!", versuchte Karl sie zu ermutigen.

Resy reagierte aber noch immer nicht auf ihn.

„Was ist sie eigentlich?", fragte Resy plötzlich.

Karl schaute sie an.

„Wer? Moorla?", fragte Karl.

Resy nickte ihm zu.

„Manche bezeichnen sie als Hexe, andere eher als Kräuterheilerin, ich habe auch schon gehört das sie von einigen als Wahrsagerin bezeichnet wurde.", antwortete Karl.

„Ich hoffe wir sehen sie nie wieder!", flüsterte Resy.

„Ich befürchte, wir haben sie heute nicht zum letzten Mal gesehen!", sprach Karl.

Als sie den Wald verließen, ging bereits die Sonne unter.

„Jetzt aber schnell!", sagte Karl und die drei rannten so schnell sie nur konnten zurück zum Schweinehof.

Heinz stand schon lange in der Türe und wartete auf sie, ihm fiel ein großer Stein vom Herzen als er sie kommen sah.

Kapitel *I.VIII*

*E*in *k*urzes *G*espräch *m*it
Willie

*D*er Hahn krähte auf dem Mist, als die Sonne den neuen Tag Begrüßte. Karl war an diesem Morgen bereits fleißig gewesen und mit all seinen Arbeiten auf dem Schweinehof fertig. Er bereitete sich darauf vor, um nach Globoli aufzubrechen. Karl wollte an diesem Morgen, unbedingt einmal ganz alleine, unter vier Augen mit Willie reden, aus diesem simplen Grund ließ er dieses eine Mal auch Resy bei seinem Vater zurück. Das Gefiel ihr zwar überhaupt nicht, sie hatte es auch mehrfach lautstark geäußert, akzeptierte es aber schlussendlich, denn es war ja auch ein Befehl ihres Meisters gewesen. Immerhin hatte auch sie noch etwas von der Begegnung mit Moorla zu verdauen und davon mal ganz abgesehen, konnte sie so den ganzen Tag mit Moritz spielen.

Es begann leicht zu schneien als Karl seine Schritte in Richtung Globoli lenkte, es war zum Glück kein weiter Weg, der Schweinehof seines Vaters lag nur ein paar hundert Meter vom Stadttor entfernt.

Nach einer reichlichen halben Stunde erreichte er endlich das Stadttor, die Turmuhr der Kirch schlug gerade zur neunten Stunde als er bemerkte das ein großer bunter Markt aufgebaut wurde.

„Ist es denn schon wieder so weit?", sagte er sich. „Die Zeit vergeht auch immer schneller..."

Die Einwohner der Stadt bereiteten sich in diesen Tagen auf das alljährliche Fest zum Jahreswechsel vor, das immer am Höhepunkt der Winterzeit stattfand. Karl hatte jedoch keine Zeit, so gern er es auch getan hätte, er konnte sich nicht mit den Händlern unterhalten, er wollte ja zu Willie.

Karl staunte nicht schlecht, als er sah das Willie, denn Namen der Taverne wieder einmal geändert hatte, er tat das öfters, meist aus Lust und Laune.

„Seit wann heißt die denn bitte, zum Moorgeist?", fragte er sich.

Karl trat vorsichtig ein, alles sah aus wie immer, staubig, abgelebt und hier und da eine Spinnwebe.

„Willie? Bist du zu Hause?", es herrschte totenstille. „Willie!", rief er erneut, aber etwas lauter.

„Verdammt noch mal! Wer stört denn da, so früh am Morgen?", schallte es garstig aus der oberen Etage herunter.

Karl lachte laut los und hielt sich den Bauch, als Willie im rot gepunkteten Schlafanzug und mit Schlafhaube auf dem Kopf die eine Bommel obendrauf hatte, aus seiner Kammer kam.

„Karl, was um Himmelswillen willst du denn so früh hier? Es ist doch noch ganz dunkel draußen!", schimpfte Willie.

„Was redest du da für wirres Zeug? Die Kirchenglocken haben gerade eben zur neunten Stunde geschlagen!", sagte Karl.

Willie schlug die Augen ein paar Mal ungläubig auf und zu, dann rannte er schnurstracks zurück in seine Kammer. Man hörte es rumpeln

52

und poltern. Und keine fünf Minuten später, stand ein frisch gebügelter, gewaschener und gekämmter Willie vor Karl.

„Also, was willst du von mir?", fragte Willie, als er die Treppe runterkam.

„Wir müssen mal reden, von Mann zu Mann!", antwortete Karl.

Willie seufzte leise.

„Worüber denn?", wollte er von Karl wissen.

„Moorla, zum Beispiel!", flüsterte Karl.

Willie seufzte erneut, diesmal etwas lauter.

„Ich glaube, es ist so langsam an der Zeit, dass du ein paar Sachen erfährst.", sagte er. „Setzt dich doch bitte. Ich brauch jetzt erst mal einen starken, schwarzen Kaffee, magst du einen Tee?", sprach Willie während er Wasser aufsetzte.

Karl setzte sich an eines der verschmierten, milchig trüben Fenster und nickte Willie zu.

Und so begann Willie und Karl zu reden.

„Hast du eigentlich gewusst, das dein Vater und ich früher als Söldner für den König gearbeitet haben?", begann Willie.

„Nein, das hat er mir gegenüber nie erwähnt.", sagte Karl verblüfft.

„Das Wundert mich nicht im Geringsten, darauf war er nie so richtig stolz gewesen. Also pass jetzt gut auf, wir haben seiner Zeit, hier und da ein paar Aufträge angenommen und uns so langsam einen Namen gemacht, irgendwann wurde dann der König auf uns aufmerksam und heuerte uns an.", erzählte Willie.

„Was hat das alles mit der alten Hexe Moorla zu tun?", wollte Karl wissen.

Willie stoppt in seiner Erzählung. Er stand mittlerweile auf dem Tisch und versuchte die Geschichte mit Händen und Füßen besser darstellen zu können.

„Das kommt schon noch! Warte die Zeit ab.", zischte Willie ihn an.

Karl holte tief Luft, verdrehte dabei die Augen und machte es sich auf der Sitzecke bequem.

„So, wo war ich noch gleich gewesen? Ach ja, jetzt ich weiß es wieder! Wie schon gesagt, heuerte uns der König eines schönen Tages mitten im Sommer an, wir reisten für ihn in die östlichen Gebiete weit jenseits des Silbergebirges. Und kämpften an der Seite des Sultans von Safran.", sprach Willie.

„Du warst in Safran? Verarschst du mich jetzt auch nicht? Sei bitte ehrlich zu mir, Willie!", sagte Karl.

„Was glaubst du bitte, wo ich meinen Kaffee und Tee herbekomme?", wollte Willie von ihm wissen.

„Moment mal, du willst mir also sagen, Safran ist nicht nur ein fiktiver Ort aus meinem alten Märchenbuch?", fragte Karl.

„Was denkst du, wo das Buch herkommt?", stichelte Willie.

Karl lehnte sich zurück und hörte weiter gespannt zu.

„Damals lernte ich den Hauptmann der Armee des Sultans kennen, er war über die lange Zeit ein guter Freund und Wegbegleiter geworden, seine Tochter müsste jetzt etwa in deinem alter sein, wenn ich mich nicht ganz täusche.", grübelte Willie.

„Worauf willst du hinaus, Willie?", fragte Karl ungeduldig.

„Kannst du es dir nicht selbst denken?", raunte Willie. „Über die Zeit haben wir dort Freunde gefunden und auch die ein oder andere Liebschaft gehabt."

Karl saß mit offenem Mund und weit aufgerissen Augen vor Willie.

„Wir mussten jedoch irgendwann abziehen, noch bevor dein Vater ihr seine Liebe gestehen und sie fragen konnte ob sie mit uns kommen will.", sagte Willie.

„Und? Wie geht es weiter? Erzähl schon!", drängte Karl.

„Das, mein lieber Karl, soll dir dann doch besser dein Vater erzählen. Verdammt noch mal ich hab schon wieder viel, zu viel ausgeplaudert.", meckerte Willie.

Er stieg vom Tisch herunter und setzte sich neben Karl.

„Was die alte Moorla angeht, sie war in all den Jahren danach, eine gute Freundin und Seelentrösterin gewesen.", sagte Willie nachdenklich.

„Dann war sie nicht immer so, wie sie es jetzt ist?", wollte Karl wissen.

„Aber nein, erst seitdem sie den Bannkreis um ihre Hütte errichtet hat und sich von der Außenwelt komplett abschirmt ist sie so geworden.", sprach er.

„Warum macht sie das oder wegen wem?", bohrte Karl nach.

„Karl, es ist schon sehr spät, ich muss heute noch einiges für das Neujahrsfest vorbereiten.", lenkte Willie vom Thema ab.

„Willst du es mir nicht sagen, oder kannst du es nicht?", fragte Karl.

„Was sagen?", antwortete Willie fragend.

„Ach, schon gut, vergiss es einfach. Bevor du jedoch gehst, eine frage hab ich dann doch noch!", sagte Karl.

Willie blickte ihn an.

„Du willst sicher wissen, warum ich den Namen der Taverne geändert habe, richtig? Moorla, hat mich dazu inspiriert. Schließ bitte ab, wenn du gehst.", mit diesen Worten drehte Willie sich um und verließ die Taverne.

Karl saß noch ein paar Minuten nachdenklich an dem Tisch und dachte über das nach was Willie alles gesagt hatte, dann stand er auf, denn auch er hatte noch ein paar Dinge zu erledigen.

Er verschloss die Taverne mit einem großen kupfernen Schlüssel und ging seiner Wege.

Kapitel *I.IX*

Resy auf Streifzug mit dem Kater
Moritz

In etwa zur selben Zeit, als Karl nach Globoli aufgebrochen war, geschah auf dem Schweinehof folgendes...

Resy hatte sich gerade von Karl verabschiedet, da kam sein Vater Heinz durch den Schnee stapfend auf sie zu.

„Magst du mir heute ein bisschen bei meiner Arbeit helfen?", fragte er.

„Ja sehr gerne, das lenkt mich sicher ein wenig von meinem Gedanken Wirrwarr ab.", antwortete Resy.

Und so brachten die beiden, all die dicken Schweine raus auf die schneebedeckte, gefrorene Weide, misteten gemeinsam die Ställe ordentlich aus und bereiteten für jedes Schwein einzeln das Futter vor. In diesem Moment stolzierte Moritz, der rot getigerte Kater von Karl, gemütlich an ihnen vorbei, gähnte genüsslich, streckte sich in aller Seelenruhe und lief anschließend nach draußen.

„Bist du auch endlich mal wach? Mach dich doch ein bisschen nützlich und fang ein paar Mäuse, Ratten oder ähnliches Getier!", rief Heinz ihm mürrisch hinterher. „Resy, kannst du ihm bitte nachlaufen und schauen, dass er nicht wieder abhaut?"

Sie nickte und lief dem Kater hinterher.

Moritz saß inzwischen auf dem großen Stein, auf dem auch Karl tags zuvor gesessen hatte und beobachtete den Schnee wie er vom Himmel fiel. Resy kletterte mühevoll zu ihm hoch auf den Stein und setzte sich neben Moritz. Der Kater putzte sich die Pfoten und ignorierte sie dabei gekonnt. Bis zu dem Moment als Resy sich die bodenlose Frechheit herausnahm und begann ihn hinterm rechten Ohr zu kraulen. Moritz wurde ganz ruhig und fing an zu schnurren.

„Nicht da unten, viel weiter oben, etwas mehr nach rechts, nein, doch weiter links oh ja da, da ist es gut, das ist genau die Stelle…", maunzte er.

Doch dann hörte Resy einfach auf damit ihn zu kraulen.

„Hey, wer hat dir erlaubt einfach aufzuhören? Warum hörst du auf?", meckerte der Kater.

Resy holt tief Luft, die kalte Winterluft stach in ihrer Lunge.

„Ich… Warte mal ganz kurz, seit wann kannst du denn reden?", fragte Resy verblüfft.

„Eigentlich schon immer!", miaute Moritz.

„Weiß Karl davon?", wollte Resy wissen.

„Nein, er hat noch nie mit mir geredet …", Moritz wirkte enttäuscht, bei diesen Worten.

„Vielleicht versteht er dein Genuschel oder deinen Dialekt nicht?", scherzte Resy.

Moritz schaute sie böse mit zugekniffenen Augen an.

„Komm mal eben mit, ich will dir etwas zeigen!", schnurrte der Kater.

Er sprang elegant, wie Katzen das halt so machen, von dem großen

Stein herunter, schüttelte sich den Schnee aus dem Fell und tapste davon.

„Warte doch auf mich, ich bin nicht so schnell!", rief Resy ihm nach, als sie von dem Stein herunter rutschte. „Was sagen wir Heinz, wenn er uns sucht?"

„Sag ihm einfach das ich weggelaufen bin und du mich gesucht hast, das passt immer! Jetzt komm endlich!", knurrte Moritz sie an.

Resy zuckte nur mit den Schultern und lief ihm nach.

Als sie an dem Fluss ankamen, der im Wald nahe des Moores der Vergessenen entsprang, blieb der Kater stehen.

„Hilf mir mal kurz!", miaute er.

Sie kniete sich hinunter zu ihm in den Schnee.

„Was suchen wir hier?", wollte Resy von ihm wissen.

„Unter dem Schnee, ist Katzenminze versteckt! Ich kann es ganz deutlich riechen!", schnurrte Moritz.

Der Schnee war leicht gefroren und Resy musste sich ein wenig anstrengen um ihn zu entfernen. Ihre Hände schmerzten dabei vor Kälte.

„Du musst wissen, hier in diesem Wasser, hat vor langer, sehr langer Zeit eine Katze ihr leben verloren. Das doofe Vieh ist ertrunken und zu ihrem Gedenken, hat der große Gott dieser unserer schönen Welt hier winterharte Katzenminze wachsen lassen.", erklärte der Kater.

Gemeinsam schafften sie es, den gesamten Schnee von der Katzenminze zu entfernen. Moritz begann augenblicklich daran zu schnüffeln, zu schnurren und sich darin zu wälzen.

Resy räusperte sich.

„Geht´s bald mal weiter?", fragte sie ihn nach einer kleinen weile genervt.

Moritz erschrak und streckte den Kopf aus der Minze.

„Oh, bitte entschuldige, aber das passiert jedes Mal wenn ich Katzenminze rieche. Da verliere ich immer komplett die Beherrschung!", schnurrte er verlegen.

Resy rollte nur mit ihren Haselnussbraunen Augen und sie setzten ihren weg fort.

Schließlich landeten sie vor der alten verfallen Windmühle, vor der auch Karl neulich stehen geblieben war.

„Wir haben unser Ziel erreicht!", miaute der Kater.

„Die habe ich schon mal gesehen!", rief Resy.

„Warst du auch drinnen gewesen?", fragte Moritz.

Resy schüttelte nur mit dem Kopf. Moritz sprang auf eine Mauer und schlüpfte anschließend durch eine Spalte unter der Türe hinein. Resy musste stattdessen mühselig durch eines der kaputten Fenster hinein klettern.

„Wo bist du Moritz?", rief sie.

„Hier unten bin ich!", er schnüffelte wie wild am Boden herum. „Schau mal hier, nach dieser Holzkiste, haben wir gesucht!"

Resy kniete sich hinunter zu Moritz, sie zog die Kiste unter einer der losen Dielen hervor und öffnete sie vorsichtig. Ein rot flackernder Schein drang aus ihrem inneren hervor.

„Was ist drinnen?", wollte Moritz von ihr wissen.

„Ein rot leuchtender Stein...“flüsterte Resy.

„Wie nennt man die?“, schnurrte der Kater.

„Ich glaube, Rubin oder so ähnlich.“, antwortete Resy.

Sie nahm den Stein aus der Kiste und packte ihn in eine ihre Taschen. Anschließend kletterte Resy wieder durch das kaputte Fenster nach draußen und sie machten sich langsam auf den Heimweg. Moritz blieb noch einmal an der Katzenminze hängen, aber nur bis er merkte das Resy bereits ohne ihn weiter gegangen war.

„Warte auf mich!“, rief er und rannte hinter ihr her.

Sie erreichten den Schweinehof beim schönsten Abendrot. Karl saß bereits auf seinem Stein und schien auf die beiden zu warten. Resy ging gleich zu ihm, als sie ihn bemerkte.

„Du siehst glücklich aus.“, sagte sie.

„Das bin ich auch Resy. Mein Vater hat mir endlich erzählt, wie das mit meiner Mutter damals war.“, sprach Karl.

„Erzähl es mir!“, drängte Resy.

„Er hat gesagt, es muss ungefähr ein Jahr nach seinem Aufenthalt in Safran gewesen sein. Er und Willie wollten gerade zur Taverne gehen. Da hat eine Frau mit einem Halstuch, das sie sich über ihr gesamtes Gesicht gezogen hatte, einen Weidenkorb vor der Tür der Taverne abgestellt. Sie muss erschrocken sein, als sie die beiden gesehen hat. Sie ist, beim Wegrennen mit meinem Vater zusammengestoßen und hat dabei einen Zettel verloren. Auf dem Stand, dass er, der Mann den sie über alles liebte,

61

ihren größten Schatz sicher und gut aufbewahren muss bis sie zurück kommt.", erzählte Karl.

Resy hatte ihm gebannt zugehört.

„Und, was habt ihr zwei beiden den ganzen Tag so getrieben?", wollte Karl plötzlich wissen.

Resy griff in ihre Tasche, sie wollte ihm unbedingt den roten Stein zeigen den sie gefunden hatten, doch sie steckte ihn wieder zurück.

„Wir waren nur ein Stück spazieren.", log sie.

Karl sprang von dem Stein herunter auf dem er saß und Moritz ihm auf die Schulter. Der Kater rieb seinen Kopf an Karls Wange.

„Was ist denn mit dir auf einmal los?", fragte er den Kater.

„Weißt du, ich glaube, er will dir einfach nur sagen das er dich lieb hat.", erwähnte Resy so nebenbei.

Die drei gingen nach drinnen, den es wurde langsam dunkel und kalt.

Kapitel *I.X*

In der *Mine* der *Zwerge*

Auf der anderen Seite des Silbergebirges war es bereits dunkle Nacht geworden, unter dem Schein des Mondlichtes und dem Glitzern der vielen tausend Sterne, kämpfte sich ein Kamel durch einen tosenden Sandsturm.

Nach einer gefühlten Ewigkeit lichtet sich der Sturm und ein mächtiger Gebirgszug kam zum Vorschein, der scheinbar die staubtrockene Wüste von allem anderen Rest der Welt abschirmte. Aus den zwei Höckern, die das Kamel einst einmal gehabt hatte, waren während des Sturms ein einzelner großer geworden. Aus diesem, kämpfte sich Merle hervor und sprang von dem Rücken des Trampeltieres herunter und schüttelte sich den Sand aus allen Ritzen, Spalten und Falten, die sie finden konnte.

„Ich hoffe doch sehr, dass ich hier jetzt endlich richtig bin.", murmelte Merle in sich hinein, als sie versuchte hoch oben die Spitze des Gebirges zu erspähen.

Sie nahm all ihre Vorräte vom Rücken des Kamels herunter, das sich kurz danach wieder von allein in Richtung Safran aufmachte.

„Dann wollen wir mal!", seufzte Merle und begann mit dem mühseligen und anstrengenden Aufstieg.

Leider endete die Karte, die sie vom Sultan erhalten hatte, genau an diesem Punkt vor dem Gebirge, sie musste sich nun ihren Weg über den

Berg und darüber hinaus selber suchen...

Merle kam nur langsam voran, kräftige Windböen und gelegentlich Felsstürze zwangen sie immer wieder dazu pausen einzulegen und Schutz zu suchen. In einer der vielen Felsspalte hatte sie ein wenig geschlafen und sich gestärkt. Der Morgen graute bereits als sie ihren Weg fortsetzte.

Der Tag begann so, wie der letzte auf gehörte hatte, der Wind heulte bedrohlich durch die Schluchten und Spalten des Gebirges und Felsen rollten unablässig von oben herab in die Wüste. Doch diesmal, als sie abermals vor einer Lawine Schutz suchte und in eine der vielen Spalten sprang, war etwas ganz und gar anders gewesen als die male zuvor.

„Warum ist es hier drin so hell?", flüsterte Merle, obwohl niemand da war, der sie hätte belauschen können.

Da fiel ihr auf, dass sich über ihrem Kopf eine Fackel, wie von Geisterhand selbst entzündet hatte. Merle staunte nicht schlecht, die Spalte, in der sie stand schien weit in den Berg hinein zu führen. Der Schein der Fackel verriet es ihr. So entschloss sie sich dem Licht vorerst zu folgen. Je weiter sie ging, desto mehr Fackeln entzündeten sich. Bis sie schließlich an einer schweren Eisentür mit einem großen kupfernen Türklopfer zum Stehen kam.

Merle begutachtet interessiert, die Kunstvoll verzierte Eisentür. Sie musste all ihren Mut zusammennehmen und klopfte schließlich mit Hilfe des Türklopfers an der Türe. Ein Riegel wurde innen beiseitegeschoben und zwei blutunterlaufene blaue Augen starrten Merle garstig an.

„Passwort?", fragte eine tiefe brummige Stimme.

„Was für ein Passwort und woher soll ich das kennen?", piepste Merle verängstigt.

Man konnte hören wie drinnen jemand unsanft beiseite geschubst wurde und hin fiel.

„Was willst du von uns?", brummte eine zweite tiefere Männerstimme auf der anderen Seite der Tür.

„Ich suche einen schnellen und sicheren Weg, egal ob über den Berg drüber oder durch ihn hindurch!" rief Merle verzweifelt.

Der Riegel wurde wieder zu geschoben. Merle hörte, wie ein großer Schlüssel in ein Schloss gesteckt wurde. Der sich erst einmal und dann ein zweites Mal darin drehte. Die Tür öffnete sich laut quietschend.

„Komm erst mal herein.", brummte ein kleiner bärtiger Mann.

„Graubart! Hier will jemand durch unsere Mine!", rief ein zweiter kleiner bärtiger Mann.

„Schick ihn rüber zu mir! Ich will ihn erst einmal begutachten, ob er auch würdig ist!", tönte es von weiter hinten.

Der kleine bärtige Mann, der sie reingelassen hatte, zeigte ihr denn Weg den sie gehen musste. Danach schloss er wieder unter lautem Quietschen die Tür und ging zurück auf seinen Posten.

Merle wirkte etwas kraftlos als sie durch den Gang und um die Ecke ging, jeder den sie auf ihrem Weg gefragt hatte, sagte ihr das Graubart dort zu finden sei. Sie erblickte einen kräftigen Mann, nicht sehr groß, mit weiß-grauem Bart, polierter Halbglatze, funkelnden blauen Augen und einer Spitzhacke in der Hand, die so groß war wie er selbst. Merle baute sich zu ihrer vollen Größe auf und ging direkt auf ihn zu.

„Seid ihr der Mann, den hier alle Graubart nennen?", fragte sie ihn.

„Ja, der bin ich.", seine Stimme klang viel weniger brummig, wie die des Mannes, der sie hereingelassen hatte.

„Für einen Mann, klingt eure Stimme sehr piepsig.", stellte Graubart fest und drehte sich zu ihr um, er war erstaunt, was er da sah. „Du bist ja gar kein Mann!"

„Das habe ich auch nie behauptet!", fauchte sie. „Du bist ja auch kein…", sie stoppte kurz, „…was bist du eigentlich?"

„Ich bin ein Zwerg, so wie jeder andere hier auch, wenn´s recht ist! Und ja, bevor du fragst, uns gibt´s wirklich! Nicht, wie immer behauptet wird, nur in euren verfluchten Märchenbüchern!", meckerte er lautstark.

Sie musterten sich gegenseitig gründlich von oben nach unten.

„Was willst du überhaupt von uns?", fragte Graubart schließlich.

„Ich suche einen Weg, über oder durch den Berg!", antwortet Merle.

„Und, womit gedenkst du, den Wegzoll zu bezahlen?", wollte der Zwerg von ihr wissen.

„Weg, was? Ich muss bezahlen, um durch den Berg zu kommen?", fragte Merle verwirrt.

„So sieht´s aus, durch unsere Mine kommt keiner, ohne etwas zu bezahlen!", betonte Graubart unnötig laut.

Merle kramte verzweifelt in ihren Taschen herum. Graubart schaute sie dabei sehr misstrauisch an.

„Und? Was kannst du mir anbieten?", fragte er.

„Akzeptierst du Knöpfe, Muscheln oder paar Federn?", sagte Merle sehr kleinlaut.

Graubart holte tief Luft und seufzte ausgiebig.

„Komm mal eben mit!", sagte er.

Graubart warf sich seine Spitzhacke elegant über die muskulöse Schulter und stapfte den Gang entlang, tiefer in den Berg hinein. Merle folgte ihm auf Schritt und Tritt. Nach einem kurzen, intensiven Fußmarsch erreichten sie eine Große beeindruckende Halle die von Fackeln gesäumt und erhellt wurde, in ihr standen dutzend Schmelzöfen und in ihrer Mitte ein gigantisch hoher Hochofen. Durch die Halle führten viele Schienen, auf den dutzende von Zwergen Wägen und Draisinen umher schubsten. Merle bekam den Mund vor Staunen nicht mehr zu, als sie das alles sah.

„Hier wirst du arbeiten, um deine Wegezoll abzuarbeiten!", sagte Graubart.

„Bitte? Was werde ich?", fragte Merle verdutzt.

Graubart reagierte nicht aus sie, er nahm Merle bei der Hand und führte sie zu einem der anderen Zwerge.

„Hey, Brummbär du hast Besuch!", rief Graubart.

„Was willst du jetzt schon wieder von mir?", grummelte der andere mürrisch.

„Die kleine muss ihren Wegezoll abarbeiten, mach sie aber bitte nicht kaputt!", mit diesen Worten verschwand Graubart.

Der Zwerg, den er Brummbär gerufen hatte war einen Hauch größer als all die anderen, er hatte einen rotbraunen Vollbart, lange strohige Haare und buschige Augenbrauen, sodass seine Augen kaum zu erkennen waren. Er hielt ihr eine große Spitzhacke unter die kleine Nase.

„Kannst du mit so was umgehen?", fragte Brummbär und schaute auf sie herab, er war ein klein wenig größer als Merle.

Merle schüttelte den Kopf.

„Das Teil ist zu groß und zu schwer für mich, hast du nichts kleineres?", fragte sie.

Mit einem lauten grunzen, dass fast wie ein verächtliches Lachen klang, drehte er sich um und wühlte in einer alten von der Zeit gezeichneten Holzkiste herum, er holte etwas heraus, was wir als einen Zahnstocher bezeichnen würden.

„Ist die Besser?", fragte er.

„Ich denke schon...", piepste Merle.

Brummbär führte sie zu dem Teil der Mine in dem sie arbeiten sollte, überall hörte man Spitzhacken und Hämmer auf Steine und Erze schlagen.

„Nach was soll ich hier suchen?", wollte Merle wissen.

„Wir sagen nicht suchen, sondern Abbauen! Siehst du diese silbern glitzernden Streifen da?", fragte Brummbär.

„Ja, was ist das?", sprach Merle.

„Silbererz, klopf so viel davon aus dem Stein wie du kannst!", brummte er.

Brummbär schob einen großen Wagen der Draisine zu Merle.

„Mach den Wagen voll. Je schneller du bist, desto eher kannst du von hier verschwinden. Pass aber auf die Feuerechsen auf, die hier überall herum rennen.", warnte er Merle.

„Sind die denn gefährlich?", wollte sie wissen.

„Nein, nur lästig. Wenn die Glocken erklingen, ist deine Schicht zu ende, dann wird dir dein Quartier gezeigt und jetzt ab an die Arbeit!", brummte der Zwerg.   Brummbär ließ sie allein zurück, er selbst hatte auch noch genug zu tun. Merle griff nach der Hacke, die der Zwerg neben ihr abgestellt hatte. Sie holte aus, verlor das Gleichgewicht und kippte nach hinten um, was ihr nicht zum letzten Mal an diesem Tag passieren sollte.

Die Glocken läuteten und Graubart kam, um nach ihr zu schauen.

„Schluss für heute, komm mit, Ich zeig dir jetzt, wo du für die Dauer deines Aufenthalts wohnen wirst.", sagte er.

Merle stellte die Hacke in die Ecke, ihr Hände schmerzten und die Knie zitterten. Graubart führte sie vorbei an den Schmelzöfen und dem riesigen Hochofen, an unzähligen Stollen, aus denen die Zwerge Edelsteine und Erze herausschleppten, bis sie schließlich so wie er es nannte, die Ruhezone erreichten. Kleine Wohnungen die direkt in den Fels geschlagen worden waren.

„Hier wirst du wohnen, bis du deinen Zoll bezahlen kannst.", sprach Graubart.

Er stieß die Tür mit dem Fuß auf. Merle trat vorsichtig ein. Sie war beeindruckt, das Zimmer verfügte über alles, was man brauchte, ein Badezimmer mit fließendem Quellwasser, eine Beleuchtung aus Fackeln und einem relativ weichen Bett.

„Wir haben für dich ein paar Sachen zusammengetragen, ich hoffe sie passen dir, zieh sie an und komm dann zum Essen.", sagte er.

„Wo findet das essen statt?", wollte Merle wissen.

„Am Ende der großen Halle.", sagte Graubart und verschwand.

Merle holte tief Luft.

„Könnt viel schlimmer sein...", sagte sie zu sich.

Fließendes Wasser, auch wenn es nicht gerade sehr warm war, war nach so einem anstrengenden, intensiven Tag ein Wohltat auf der Haut, genauso wie frische saubere Sachen, auch wenn es nur eine Latzhose, ein Baumwollhemd und Bergarbeiterstiefel waren.

Jetzt bemerkte sie auch wie sehr ihr Magen knurrte, er klang wie ein wilder hungriger Tiger, also machte sie sich auf den Weg durch die große Halle. Unterwegs liefen ihr immer wieder kleine feuerrote Echsen über den Weg.

„Vorsicht! Nicht anfassen!", rief Brummbär hinter ihr.

„Ist das der richtige Weg?", wollte Merle von ihm wissen.

„Das kommt ganz drauf an, wo du hinwillst.", brummt er.

„Ich habe großen Hunger…", murmelte Merle trotzig.

Brummbär lächelte sie an.

„Dann ja, es ist der richtige Weg. Komm wir gehen zusammen hin.", sagte er.

Auf ihrem Weg bemerkte er das ihr Hände voller Schwielen, Kratzer und Blasen waren.

„Was sind das für kleine rote Echsen, die hier überall herumrennen?",

70

fragte Merle.

„Das sind die Feuerechsen, vor denen ich dich heute Morgen gewarnt hatte. Wir füttern sie, dafür kümmern sie sich um das Feuer für unsere Fackeln.", erklärte Brummbär.

Jetzt verstand Merle es endlich, deswegen sah es immer so aus, als würden sie sich wie von Geisterhand selbst entzünden.

Kurz bevor die beiden in den Speisesaal kamen, bog Brummbär nach rechts ab und ging einen steilen, steinigen Hang hinauf.

„Komm, lass uns hier deine Hände behandeln.", sagte er.

„Was ist das dort vorne?", Merle bekam ihre Augen und den Mund vor Staunen nicht mehr zu.

Sie standen vor einem riesigen Haus mit Spitztürmen und einer großen Portaltür.   „Das, ist unsere Kirche, hier beten wir zu unseren Göttern und lassen unsere Wunden behandeln.", sprach Brummbär.

Innen drinnen war alles Prunkvoll mit Silber und anderen wertvollen Metallen und Steinen verziert. Merle bekam ihre Hände mit einer stinkenden, dicken, gelben Salbe eingerieben und mit einer weichen Baumwollbinde verbunden. Brummbär führte sie nun zu den Esstischen. Es gab viel frisches Gemüse, gebratene Kartoffeln, Fisch und Obst.

„Wo baut ihr das alles an und fangt die Fische?", fragte Merle den Zwerg.

„Du bist ganz schön neugierig!", stellt Graubart fest, der sich ihr gegenübergesetzt hatte.

„Weiter hinten in einer der anderen Höhlen entspringt eine heiße Quelle, die unsere Gärten und Wohnräume mit warmen Wasser versorgt.

Darin züchten wir auch unsere Fische.", sagte Brummbär.

„Hältst du wohl die Klappe, du selten dämlicher Hornochse!", rügte ihn Graubart. „Sie muss nicht alle Geheimnisse unserer Mine kennen!", schimpfte er.

Brummbär kratze sich daraufhin verlegen am Kinn und senkte den Kopf.

Merle aß für zwei, vielleicht auch für drei, sie hatte schon lang nicht mehr so gut gegessen, aber sie machte dabei einen großen Fehler, sie trank zu viel vom starken Bier der Zwerge. Brummbär musste sie schlussendlich zu ihrer Unterkunft zurücktragen.

Mit jedem Glockenschlag der Kirche, hängte sich Merle mehr und mehr rein, mit der Zeit viel ihr die Arbeit auch immer leichter, auch wenn ihre Hände und der Rücken mit jedem Tag mehr schmerzten.

Als die Glocken zum zehnten Mal schlugen und Merle sich bereits mit blutigen Verbänden zur Mine schleppte, war etwas anders. Da wo sie eigentlich hätte arbeiten sollte, war ein anderer Zwerg beschäftigt. Graubart kam auf sie zu.

„Du kannst gehen!", sagte er.

„Aber, mein Wagen ist doch noch gar nicht voll!", rief Merle.

„Den hättest du doch in fünf Zwergenleben nicht voll bekommen! Brummbär hat mir alles erzählt. Du hast eine wichtige Aufgabe?", fragte Graubart.

„Woher wisst ihr davon?", wollte Merle wissen.

„Du sprichst im Schlaf, wenn du zu viel von unserem Bier getrunken hast.", sagte Graubart.

Merle wurde rot im Gesicht als sie das hörte.

„Ich habe deine Sachen in diesen Rucksack gepackt, da ist auch eine Jacke drin, die wirst du brauchen.", sagte der Zwerg.

Graubart führte sie zum Ausgang auf der anderen Seite des Berges.

„Mist das hätte ich fast vergessen!", rief er. „Brummbär, bring mal dieses komische Ding her!"

Es dauerte nicht lang, da kam Brummbär um die Ecke gerannt.

Er hielt Merle einen zusammen gerollten und fest verschnürten Teppich hin.

„Das Ding gaben uns zwei Söldner, die vor vielen Jahren unsere Mine passierten, wir können das aber nicht gebrauchen, vielleicht hilft es dir eines Tages weiter.", sagte Brummbär zu ihr.

Merle nahm das Geschenk dankend an.

Auch wenn man Brummbärs Augen nicht gut sehen konnte, sah man das ihm eine dicke Träne den Bart herunter rollte. Merle verabschiedete sich von den Beiden und trat hinaus ins Freie. Hinter ihr schloss sich die Tür.

Es war kalt und der Schnee blendete sie. Merle kramte in dem Rucksack nach der Jacke, dabei viel ihr die Karte des Sultans in die Hände. Auch wenn es nichts bringen würden, wollte sie noch einmal darauf schauen. Doch da waren plötzlich zwei Karten! Einer der beiden Zwerge musste sie dazu gelegt haben.

Merle war überglücklich so würde sie den weg zur nächsten Stadt mit Sicherheit ganz leicht finden können. Voller Tatendrang stapfte sie in ihren Stiefeln und der Latzhose durch den frisch gefallenen Pulverschnee bergabwärts ins Tal.

Kapitel *I.XI*

Das große Fest zum

Jahreswechsel

Einige Tage waren ins Land gezogen und das Fest zum Jahreswechsel
stand nun ganz kurz bevor.

Resy hatte ihre Öllampe schon länger Zeit nur noch selten verlassen, es
war ihr draußen einfach zu kalt geworden. Doch heute, an diesem
besonderen Tag, musste Resy rauskommen, sie hatte es Karl hoch und
heilig versprochen, mit ihm und seinem Vater auf das Fest zu gehen.

Die Arbeiten auf dem Schweinehof waren alle getan. Die Ställe waren
sauber, die Schweine hatten es warm, gemütlich und genug zu fressen war
auch vorhanden. Selbst Moritz, der die Schweine eigentlich nicht
sonderlich gut leiden konnte, sie waren ihm zu groß und ungehobelt,
davon mal ganz abgesehen stanken sie ihm einfach zu streng, hatte sich
zwischen die kleinsten von ihnen gekuschelt und schlief.

Die Sonne hatte gerade ihren Höchststand erreicht, als sich Karl und Heinz
auf den Weg nach Globoli machten. Sie hatten es nicht eilig also ließen sie
sich Zeit und stapften gemütlich durch den Knöchelhohen Schnee. Resy
wollte noch immer nicht herauskommen, aber wenn sie das Fest sehen
würde, da war sich Karl ganz sicher, würde sie es nicht mehr länger in

75

ihrer Behausung aushalten können.

Vater und Sohn, erreichten das Stadttor kurz nach dem mittags Geläut der Kirchenglocken. Die Tradition verlangte es von ihnen, dass man zu aller erst ein Gebet sprechen mussten, deshalb war ihr erster halt, die Kathedrale von Globoli. Sie stand es etwas außerhalb des Stadtzentrums auf einem kleinen Hügel im Osten der Stadt. Sie mussten weit um den großen Marktplatz herum gehen, denn ohne ein Gebet gesprochen zu haben, durfte man das Festgelände nicht betreten.

„Vater, wie war das doch gleich mit den drei Türmen der Kathedrale?", fragte Karl.

„Das fragst du mich jedes Jahr aufs Neue! Kannst, oder willst du dir das einfach nicht merken?", sagte Heinz leicht genervt.

Also erklärte er es ihm noch einmal, wie jedes Jahr auf´s neue. Jeder der drei Türme war einer anderen Gottheit geweiht, und zwar waren das die Götter der Vergangenheit, Gegenwart und Zukunft.

„Ja, stimmt, so war das, ich erinnere mich wieder!", sagte Karl mit einem Grinsen im Gesicht.

„Welch ein Wunder!", sprach Heinz und gab Karl dabei eine Schelle. „Du solltest Resy jetzt langsam mal rausholen, sonst darf sie nicht mit aufs Fest!"

Karl holte die Öllampe aus seiner Tasche hervor und rieb vorsichtig an ihr.

„Was? Jetzt schon?", hörte man es aus ihrem inneren rufen. „Ich bin doch noch gar nicht fertig!"

„Ja, sonst musst du die ganze Zeit drinnen bleiben und verpasst alles!",
flüsterte Karl der Lampe zu.

Mit einem lauten Puff und einer lila Rauchwolke, stand Resy in
schicker Winterkleidung zwischen den beiden und bewunderte mit weit
aufgerissenen Augen und offenem Mund die mächtige Kathedrale.

Die drei Türme ragten weit in den Himmel hinauf und die große Türe war
kunstvoll beschlagen mit Gold, Silber und vielen Kristallen. Im inneren
war die Kathedrale prunkvoll, fast pompös verziert mit noch mehr Silber,
Marmor und verschiedenen Edelsteinen. Jeder der drei sprach sein kurz
Gebet, welches sie im Vorfeld gelernt hatten und warf eine glänzende
Silbermünze in den großen Schlapphut des Pastors.

„Die werden aber auch jedes Jahr teurer!", meckerte Heinz, als er
schaute wie viel Geld er noch in seiner Tasche hatte.

Und so gingen die drei, die Treppe runter auf den Marktplatz, der war wie
jedes Jahr eingerahmt von vielen kleinen Holzhütten. Hier gab es alles zu
kaufen, was das Herz begehrt. Egal ob es Malzbier, kandierte Äpfel oder
Socken aus Alpakawolle waren. Resy hätte am liebsten alles probiert, was
es zu probieren gab. Karl musste sie ein wenig bremsen, soviel Geld hätte
er im Leben nicht auftreiben können. Da hörte Heinz, wie Willie mit den
Bäckern Süß und Salzig sprach.

„Karl, ihr könnt schon mal vorgehen! Ich finde euch dann später schon
wieder!", sagte Heinz und verabschiedete sich vorerst von den beiden.

„Hey Willie! Gibt´s Probleme?", fragte er in die Runde.

„Keine Gewürze, keine Zutaten, bald ist alles leer!", sangen die Bäcker im Chor.

„Wie darf ich das denn verstehen?", fragte Heinz.

„Ganz einfach mein alter Freund, so wie es die beiden eben gesagt haben.", gab Willie als Antwort und nahm ihn zur Seite.

„Unsere Gewürzhändler sind schon lange überfällig, mir gehen auch so langsam Tee, Kaffee und so manche anderen Sachen aus!", flüsterte Willie, Heinz ins Ohr.

„Ist es noch immer die Familie Kümmel aus Safran?", wollte Heinz wissen.

„Ja Heinz, genau die ist es nach wie vor und immer noch, nur das es jetzt ihre Kinder Mohn und Sesam übernommen haben. Normalerweise sind sie sehr zuverlässig und pünktlich, aber momentan lassen sie ganz schön auf sich warten!", meckerte Willie.

„Vielleicht, sind sie wegen dem ganzen Schnee im Verzug?", überlegte Heinz.

„Vielleicht!", zischte Willie leicht gereizt als Antwort und zog sich mit den Bäckern zurück, um einen Notfall Plan zu entwickeln.

Karl und Resy waren derweil vor der großen Bühne, mitten auf dem Marktplatz angekommen. Der Bürgermeister von Globoli hatte gerade seine Dankesrede an die Bürger und Bürgerinnen beendet und den Platz für die Musiker geräumt, da kam Heinz zu ihnen.

„Wer spielt denn heute Abend eigentlich?", wollte er von den beiden wissen.

„Ich glaube, Torfräcker oder so ähnlich hat er gesagt.", sprach Resy.

„Nein Resy, Dorfrocker hat er gesagt, die sind angeblich eine sehr, sehr, sehr alte Traditionsband...", sagte Karl mit leicht sarkastischem Unterton.

„Wirklich? Ist das wahr? Die kenne ich noch von früher aus meiner Jugend!", sagte Heinz ganz aufgeregt.

Karl verdrehte nur die Augen.

„Hör auf damit, die Augen zu verdrehen. Ich kann das hören!", scherzte Heinz.

„Was wolltest du eigentlich vorhin von Willie?", fragte Karl.

„Nichts Besonderes, still jetzt sie kommen auf die Bühne!", zischte Heinz.

Das Publikum jubelte und kreischte als die alten Herren ihre Instrumente zückten, der eine spielte auf einem Fass, das er mit Leder bezogen und Stöcken die er aus Rinderknochen geschnitzt hatte, der andere hat aus einem großen Horn ein Blasinstrument gebastelt, der nächste spielte auf einer Harfe und als der letzte von ihnen anfing zu singen war es um die Menge endgültig geschehen. Und selbst Karl konnte nicht lange verbergen, dass ihm gefiel was er da hörte.

So verging die eine oder andere Stunde und es wurde so manche Süßigkeit gegessen und das ein oder andere Bier oder Met getrunken. Bis das große Final des Festes anstand. Die Bühne wurde umgebaut zu einem großen Lagerfeuer. Die Nacht brach bereits herein als es angezündet wurde, um Licht und Wärme zu spenden.

Die Ruhe vor dem Feuer wurde je gestört als jemand am Gitter vor dem Stadttor rüttelte, Klopfte und um Einlass bettelte. Heinz war der erste von ihnen, der sich umdrehte, er klopfte Willie nervös auf die Schulter, der sich vor einiger Zeit zu ihnen gesellt hatte.

„Willie, schau doch mal!", flüsterte Heinz.

„Was ist denn los?", sagte Willie drehte sich um und erschrak. „Heinz, ist das nicht die Kleidung der Zwerge?"

„Ja ist es und das auf ihrem Rucksack, ist das nicht unser alter Teppich?", fragte Heinz.

Die Person, die da am Stadttor stand und um Einlass bettelte, sackte vor Erschöpfung in sich zusammen. Willie reagierte blitzschnell.

„Karl, hier der Schlüssel für die Taverne, lauf los, so schnell du kannst, mach Feuer im Kamin und setz heißes Wasser auf!", rief er ihm zu.

Karl wusste nicht warum, sah aber in den Augen von Willie das es ihm sehr ernst war, er nahm Resy bei der Hand und lief so schnell er nur konnte mit ihr zur Taverne.

Willie und Heinz rannten zum Stadttor.

„Das kann doch nicht wahr sein!", flüsterte Willie.

„Lasst das Mädchen rein!", rief Heinz.

„Macht schon!", drängte Willie den Wachmann. „Ich bürge für sie!"

Der Wachmann zögerte, ließ sich jedoch erweichen und ließ schlussendlich das Gitter doch noch hoch.

Heinz nahm sie Huckepack, Willie ihren Rucksack und sie rannten im Schweinsgalopp zur Taverne.

„Halt nur noch ein wenig durch, es ist nicht mehr weit!", murmelte Willie.

„Keine Angst alter Freund, ich schaff das schon!", sagte Heinz.

„Dich habe ich nicht gemeint!", fauchte Willie.

Die beiden grinsten sich an.

Heinz und Willie erreichten die Taverne kurze nach Karl und Resy. Dank der Hilfe von Resy knisterte das Feuer im Kamin schon lustig vor sich hin und Wasser stand auch schon in einem alten Blechtopf darauf. Willie schob seinen alten Schaukelstuhl vor das Feuer und Heinz setzte die junge Frau behutsam darin ab.

„Kennst du sie von früher?", wollte Karl von Willie wissen.

Der jedoch schwieg und schaute die junge Frau in Gedanken versunken an. Resy zog ihr trockene, warme Sachen an, während die Männer ein heißes Fußbad und Tee vorbereiteten. Sie zuckte leicht, als Willie ihre kalten Füße, sanft in die Schüssel mit dem heißen Wasser gleiten ließ.

„Geht ihr ruhig schon zu Bett. Ich bleibe noch ein Weilchen bei ihr, um sicher zu gehen das alles gut bei ihr ist.", sagte Willie.

Karl war der erste, der nachts mal raus musste um aufs Klo zu gehen, da sah er wie Willie, eine Etage weiter unten, neben der Fremden eingeschlafen war. Resy hatte ihn mit einer weichen kuscheligen Decke zugedeckt und ihm ein Daunenkissen vorsichtig unter den Kopf geschoben. Sie signalisierte ihm das er ruhig sein soll. Danach verschwand sie wieder in ihrer Öllampe, die auf dem runden Tisch neben den leeren Teetassen stand.

Als der Hahn am Morgen des ersten Tages, des neuen Jahres krähte und damit alle weckte, war es Heinz der sich vor allen anderen ins Untergeschoss zu Willie stahl. Der stand schon wieder in der kleinen Küche und bereitete das Frühstück zu.

„Ist sie es wirklich?", fragte Heinz.

Willie lies das Messer sinken mit dem er gerade, unter Tränen, die Zwiebeln geschnitten hatte.

„Ja, sie ist es. Merle, die Tochter des Hauptmanns der Sultanesichen Armee!", antwortete Willie.

Heinz stockte der Atem.

„Aber, was will sie denn hier?", flüsterte er.

„Das, will sie uns erzählen, wenn wir alle beim Frühstück sitzen. Und jetzt hilf mir mal mit den Würstchen, dann geht es schneller!", sprach Willie.

Resy war die letzte die an diesem Morgen die Bühne der Welt betrat und so setzten sie sich alle an den großen runden, großzügig gedeckten Tisch. Als auch das letzte Ei aufgeschlagen, der letzte Kaffee getrunken und das letzte Brötchen verspeist war, stand Merle auf und ergriff das Wort.

„Ich möchte mich zuallererst einmal bei euch allen dafür entschuldigen, das ich euch den gestrigen Abend und euer Fest auf so unelegante Art und weiße verdorben habe. Ich möchte mich auch ganz herzlich dafür bedanken, dass ihr mir das Leben gerettet und mich bei euch aufgenommen habt! Mein Name ist Merle, ich bin die Großwesirin des Sultans von Safran.", erzählte sie.

Als sie das ausgesprochen hatte, konnten Karl, Heinz und Willie ihre Fragen und Neugierde nicht mehr zurückhalten, sie löcherten sie regelrecht. Bis Resy mit der Faust auf den Tisch schlug, alle verstummten augenblicklich und schauten sie an.

„Jetzt lasst sie doch auch mal zwischen zwei Worten Luft holen und ihre Geschichte zu ende erzählen zum Donner nochmal!", schimpfte Resy lautstark.

Und so atmete Merle tief durch und erzählte, vom Smaragd, der gestohlen wurde, Omnikron, den Zwergen und ihrer Suche, die nun scheinbar abgeschlossen war.

„Dann bin ich es also, die du gesucht hast?", fragte Resy.

„Ich bin mir noch nicht ganz sicher.", sagte Merle, „Aber es fühlt sich beinahe so an!"

„Dann muss Resy mit dir kommen?", fragte Karl.

„Ja und du auch!", sagte Merle.

„Was ich, aber warum?", wollte Karl wissen.

„Er ist doch dein Meister, das hab ich doch richtig verstanden, oder?", sprach Merle.

„Ja, das ist korrekt so.", stimmte Resy ihr zu.

„Ich will aber nicht!", meckerte Karl.

Da nahm ihn sein Vater beiseite.

„Du wolltest doch etwas über deine Mutter herausfinden, richtig?", begann Heinz.

Karl nickte zustimmend mit dem Kopf.

„Wo hab ich sie damals noch gleich kennen gelernt?", fuhr Heinz fort.

Karl ging ein Licht auf. Und so willigte er schließlich doch noch ein mit den Mädels mitzukommen. Merle wollte sofort und unverzüglich aufbrechen, davon riet Willie ihr allerdings ab, sie sollte erst noch ausruhen und ein wenig kraft tanken.

Kapitel *I.XII*

In und *um*

Mitzka herum

*E*in paar Tage früher waren Mohn und Sesam in Mitzka, der großen prächtigen Hafenstadt am Salzmeer, dem feuchten Traum eines jeden Händlers, dem Tor zur Welt am östlichen Ende Safrans angekommen.

Die beiden hatten gerade ihr Unterkunft bezogen und Mohn schwärmte wie immer von der Stadt.

„Kannst du die frische Meeresluft riechen Sesam und die vielen Händler sehen? Ich lieb diese Stadt einfach!", philosophierte Mohn.

Sesam reagierte allerdings nicht auf das, was ihr Bruder gerade eben gesagt hatte.

„Was ist los mit dir Schwesterherz? Geht es dir etwa nicht gut, machst du dir Sorgen und oder Gedanken wegen dieser Sache mit Omnikron?", fragte Mohn.

„Ja...", gab Sesam leicht gereizt zurück. „Wir sollten langsam aufbrechen, ich fürchte die Zeit drängt!", sagte sie schließlich.

Mohn wunderte sich, diesmal gingen sie eine ganz andere Route durch die zahllosen Straßen, Gassen und Händlerbuden. Es störte ihn aber nicht, vielleicht hatte seine Schwester einen Geheimtipp von jemandem bekommen, den er selbst nicht kannte. Sie verhandelten hier und da ein bisschen, gingen hier linksherum, dort rechtsherum, dann nochmal rechts, wieder links und einmal rundherum im Kreis. Mohn drehte der Kopf, er hatte schon längst die Orientierung verloren.

Da fand er sich auf dem Hügel oberhalb der Stadt wieder, im Rücken der dunkle bedrohliche Dschungel und ein großer antiker, halb verfallener Tempel und vor ihm die herrliche Stadt, er hatte sie noch nie zuvor von oben gesehen gehabt. Mohn bewunderte noch die Aussicht, Sesam jedoch drängte ihn dazu endlich in den Tempel hineinzugehen. Trotz seines maroden Zustandes bestand der Tempel zum größten Teil noch aus kunstvoll verzierten Salzsandsteinblöcken.

Im Inneren war es stockdunkel, man konnte die eigene Hand kaum vor seinen Augen sehen. Mohn kramte kurz in einer seiner vielen Tasche herum und zündete mit einem alten brüchigen Streichholz, eine der vielen Fackeln, die an der Wand hingen an, um den Weg ein wenig zu erleuchten. Es war unheimlich in den langen dunklen Gängen, überall hinge Spinnweben von den Wänden und es tropfte überall Wasser von der Decke. Einmal erschrak sich Mohn fast zu Tode, er dachte Schritte hinter sich gehört zu haben. Sesam beachtete ihn jedoch schon längere Zeit nicht mehr und ging einfach immer weiter, tiefer und tiefer hinein in das Gewirr von Gängen.

„Wir sind fast da! Mohn, siehst du das Licht da vorne?", fragte Sesam.

„Ja ich sehe es, was ist da?", wollte er von seiner Schwester wissen.

„Das, ist das Herzstück des Tempels, unser Ziel!", schwärmte Sesam.

Die beiden gingen weiter, das Licht viel durch ein Loch in der Decke auf einen kleinen Garten mit einem kristallklaren Teich in der Mitte, für eine Ruine wirkte er sehr gepflegt.

Mohn erschrak erneut und schrie laut auf, als ihn etwas spitzes in den Rücken pikste, er drehte sich um, da stand ein Mann mit einem mächtigen Katana in der Hand hinter ihm. Er war groß und kräftig gebaut, mit grünen Augen und braunen Haaren, die er unter einem weißen Tuch, welches er sich um den Kopf gewickelt hatte verbarg.

„Hast du sie?", fragte er mürrisch.

„Was soll ich haben?", stammelte Mohn eingeschüchtert.

„Nein, aber dafür etwas anderes!", sagte Sesam.

Sie drehte sich um und holte den leuchtend grünen Smaragd des Sultans aus der Tasche.

„Einer der Schlüsselsteine. Naja, besser als gar nichts!", raunte der Fremde.

Jetzt klingelte es bei Mohn.

„Ihre seid doch der windige Händler, mit dem wir in Safran gehandelt haben, als die Großwesiren uns gesucht hat!", rief Mohn.

„Halt´s Maul, Mohn!", zischte Sesam ihren Bruder garstig an. „Du redest ab sofort nur noch, wenn du gefragt wirst! Hast du das verstanden?"

„Moment mal, hast du etwa den Smaragd gestohlen, Sesam?", stammelte Mohn.

„Was hatte ich grade gesagt?", fauchte seine Schwester ihn garstig an.

Mohn fing sich eine gehörige Schelle von ihr ein und kippte um.

„Tut mir wirklich leid, er ist manchmal so extrem nervig!",
entschuldigte sich Sesam.

„Lass ihn nur, er hat ja recht, wir sind uns schon begegnet. Falls du
mich hören kannst kleiner Mann. Ich bin Delta, der letzte Anhänger des
Omnikron!", seine Augen funkelten als er seinen Namen aussprach.

„Wie geht es jetzt weiter?", wollte Sesam wissen.

„Wir haben nicht mehr viel Zeit, bis zum nächsten Neumond muss das
Siegel gebrochen sein!", sagte Delta.

„Und ich dachte, das Siegel wurde bereits gebrochen, als die Lampe
des Schutzdschinns die Höhle verlassen hat?", fragte Sesam.

„Nein meine liebe Sesam, das hat nur die drei Schlüsselsteine
reaktiviert, von denen wir wenigstens zwei brauchen und die verdammte
Lampe!", stellte Delta deutlich klar.

„Warum denn nur zwei der drei Steine?", bohrte Sesam nach.

„Mit zwei Steinen können wir ihn zurückholen und mit dem dritten
geben wir ihm einen neuen Körper!", Delta lachte laut auf, als er das sagte.

Mohn hörte sehr aufmerksam zu. Sesam dachte sie hätte in umgehauen, er
war die Schellen seiner Schwester aber mittlerweile gewöhnt, sodass sie
ihm nichts mehr ausmachten.

Er wollte sich grade klammheimlich davonstehlen, da packte Sesam
ihn am Kragen und schleifte ihn zurück zu Delta.

„Was machen wir mit ihm?", wollte sie wissen.

Delta zog einen Strick aus seiner Tasche.

„Wir fesseln ihn und lassen ihn hier zurück, dann haben die Geier auch noch was zum Spielen und Fressen!", sagte er mit weit aufgerissenen Augen.

So geschah es, dass Sesam und Delta, Mohn die Arme und Beine, mit dem Strick zusammen banden und ihn in dem Garten nah an dem kleinen Teich zurück ließen.

Draußen angekommen kletterte Delta auf seinen klapprigen Esel.

„Soll ich dich ein Stück mitnehmen?", fragte er.

„Warum eigentlich nicht?", sagte Sesam und kletterte zu Delta auf den Esel, der fast unter dem Gewicht der beiden zusammenbrach.

Auf ihrem Weg zurück in die Stadt besprachen sie dann ihr weiteres Vorgehen.

Sesam brach noch am selben Tag wieder nach Safran auf um dem Sultan, von den Geschehnissen in Mitzka zu berichten und Mohn als schändlichen Verräter, der er nicht war sondern sie selbst, dastehen zu lassen.

Kapitel *I.XIII*

*M*ohn *d*er *m*iese

Verräter

*N*och am selben Tag als Merle Globoli erreicht hatte, kam Sesam wieder in Safran an. Ihr Kamel hatte eine wahre Höchstleistung vollbracht und war heil froh als Sesam endlich einen Stopp einlegte. Der war jedoch nicht am Palast des Sultans, sondern etwas außerhalb in einer der dunkleren Gassen Safrans, bei einer dieser zwielichtigen Kräuterfrauen. Sesam grinste zufrieden bis über beide Ohren, als sie die Baracke, die der Kräuterfrau als Behausung diente, wieder verließ. Ein kleines Fläschchen wanderte unbemerkt von allen anderen in ihre Tasche. Ihr Kamel hatte in der zwischen Zeit die komplette Tränke vor der Baracke leer gesoffen und war bereit weiterzugehen.

Sie hatten es nicht mehr weit, der Palast war schon zu sehen. Doch selbst für sie, die einen gewissen Ruf hatte, war es nicht ganz so einfach, ohne Ankündigung oder besonderen Grund zum Sultan vorgelassen zu werden. Der Sultan jedoch wartete sehnsüchtig auf ein Lebenszeichen von all denen, die er ausgeschickt hatte und so gelang es ihr, sich mit einigem Aufwand an all denen die auf Einlass warteten vorbeizumogeln. Kurz bevor sie die Gemächer des Sultans betrat, öffnete Sesam das kleine Fläschchen und rieb sich gründlich damit ein.

„Hoffentlich funktioniert das Zeug auch so, wie es die Kräuterfrau gesagt hatte, sonst hab ich ein kleines, aber feines Problem!", dachte sich Sesam.

Der Sultan lief schon erwartungsvoll im Kreis und war sehr erstaunt, das Sesam allein und ohne Mohn bei ihm erschien.

„Wo ist denn dein Bruder?", fragte er.

„Mein Sultan, es ist einfach furchtbar!", jammerte Sesam. „Mein Bruder der gute Mohn, er hat uns auf schändlichste weise verraten! Er war es auch, der den Smaragd aus eurer Schatzkammer gestohlen und sich mit einem Unbekannten in Mitzka getroffen hat, sie wollen Omnikron zurückholen!"

Der Sultan atmete tief durch, das hatte ihn sichtlich etwas schockiert. Er setzte sich auf eines seiner weichen Sitzkissen.

„Ich kann es einfach nicht glauben! Hast du noch mehr erfahren können?", fragte der Sultan.

Sesam erzählte ihm die ganze Geschichte, aber nicht unbedingt die ganze Wahrheit, mit den drei Steinen, der Lampe und dem Neumond.

„Mein lieber Sultan, wisst ihr vielleicht, wo sich die beiden anderen Steine und die Lampe derzeit befinden?", fragte Sesam neugierig.

„Nein, so gerne ich es auch wüsste, ich weiß es leider nicht. Den blauen Stein, hab ich vor vielen Jahren einer guten Freundin anvertraut, seitdem hab ich sie aber nicht wieder gesehen. Den roten hat mein Vater, seiner Zeit einem Söldner geschenkt und wo der hingekommen ist, wer weiß das schon.", sagte der Sultan mit lockerer Zunge.

„Und die Lampe, was ist mit der?", drängte Sesam.

„Die war eigentlich gut versteckt, scheinbar, aber nicht gut genug. Den wenn es stimmt, was du mir alles erzählt hast, wurde sie wohl aus ihrem Versteck entfernt...", erzählte er weiter.

Der Sultan stand auf und lief ein paar Mal im Kreis, bis ihm etwas einfiel.

„Ich werde nach Merle schicken lassen!", sagte er plötzlich.

„Warum das denn so plötzlich?", wollte Sesam wissen.

„Vielleicht hat sie ja etwas erreicht!", flüsterte der Sultan.

Sesam verließ den Sultan fürs erste wieder. Der ging auf seinen Balkon, schrieb ein paar Zeilen auf einen Zettel und rollte diesen zusammen. Er pfiff einmal kräftig durch zwei seiner Finger und es dauerte nicht lange bis ein großer tiefschwarzer Rabe angeflogen kam. Der Sultan band ihm den Zettel mit einem dünnen Strick ans Bein und sagte ihm, wen er suchen solle. Der Rabe flog los seinem Ziel entgegen.

Sesam, war recht zufrieden mit sich selbst. Der Trank der Kräuterfrau hatte gut funktioniert, auch wenn sie nichts neues erfahren hatte, hatte er ihr doch gehorcht und ihr alles erzählt, was sie von ihm wissen wollte. Jedoch war sie sich auch nicht ganz sicher, ob er ihr auch die Wahrheit erzählt hatte, immerhin war der Sultan eine starke und willensstarke Persönlichkeit.

In der Hoffnung, dass Merle etwas neues und brauchbares herausgefunden hatte ging Sesam nach Hause.

Kapitel *I.XIV*

Der **Rabe** ruft zum

Aufbruch

Merle erholte sich recht schnell von den Strapazen ihrer langen Reise. Die Nächte verbrachte sie meist in der Taverne bei Willie und tagsüber, half sie Karl und Heinz mit den Schweinen oder sie suchte gemeinsam mit Resy nach Moritz.

Doch an diesem einen Morgen war etwas ganz und gar anders, als es die letzten Tage gewesen war. Merle kam viel später als gewohnt auf den Schweinehof. Sie hatte einen großen schwarzen Raben im Schlepptau, als sie endlich ankam. Karl und Heinz staunten nicht schlecht als sie den Vogel sahen.

„Ist das, einer der Raben des Sultans?", fragte Heinz.

„Ja, das ist er tatsächlich. Und er hatte diesen Zettel bei sich.", erklärte Merle.

Sie gab Karl den Zettel, der schaute etwas ratlos darauf und gab ihn schließlich an seinem Vater weiter.

„Kannst du das lesen?", fragte ihn Karl.

Heinz runzelte die Stirn und kratzte sich dabei am Kinn.

„Das ist die alte Schrift Safrans... Nein tut mir leid, ich kann das auch nicht lesen...", antwortete er.

Merle nahm den Zettel wieder an sich und las dessen Inhalt laut vor:

„Sesam ist zurück. Mohn ist der Verräter. Brauchen dich dringend hier! Bring alles mit was du bisher gefunden hast!"

„Merle, du musst mir unbedingt beibringen wie man diese Schriftzeichen liest!", bettelte Karl.

„Das mach ich doch liebend gerne.", Merle lächelte bei diesen Worten und ihre Wangen wurden rot.

„Wolltest du nicht vorher noch etwas Wichtiges erledigen, Karl?", bohrte sein Vater nach.

Karl griff sich an den Kopf.

„Mist, das hab ich fast vergessen!", rief er.

Karl drückte seinem Vater, Resys Lampe in die Hand.

„Wehe du verlierst das!", rief er und lief los.

„Habe ich was verpasst?", fragte Resy, die just in diesem Moment aus ihrer Lampe gekommen war.

Karl lief durch den glitzernden weißen Schnee, es war eiskalt an diesem Morgen und die alte Windmühle war fast komplett zugeweht worden. Er musste sich durch eine gewaltige Schneewehe kämpfen und kletterte durch dasselbe Fenster hinein, durch das auch Resy einst geklettert ist, als sie mit Moritz hier gewesen war. Karl suchte nach der Kiste und fand sie schließlich auch, aber sie war leer! Erschrocken schaute er sich hektisch um.

„Ist er vielleicht rausgefallen?", murmelte Karl panisch.

Verzweifelt schaute er sich um, konnte den Stein aber nirgendwo entdecken. Wieder draußen aus der Mühle, hörte er plötzlich eine leise Stimme aus der Richtung des Moores, die nach ihm rief.

„Moorla!", flüsterte Karl und lenkte seine Schritte in deren Richtung.

Diesmal wirkte der Wald noch viel dunkler und unfreundlicher als bei seinem letzten Besuch. Der Wind pfiff ein unheimliches Lied durch die Äste der Bäume und Büsche, selbst die Tiere und Waldgeister ließen sich heute nicht blicken. Er ging durch den Bannkreis, Moorla stand wie gewohnt vor ihrer Strohhütte, doch irgendetwas an ihr war anders als sonst, sie wirkte irgendwie besorgt. Karl ging vorsichtig und langsam zu ihr.

„Du hast nach mir gerufen?", fragte er vorsichtig.

„Ja, das habe ich.", sagte sie mit ruhiger Stimme. „Ich wollte dir noch etwas sagen."

„Eine schicksalhafte Begegnung?", scherzte er.

„Nein, die hattest du ja schon gehabt. Du wirst es mit dunkler und böser Magie zu tun bekommen!", flüsterte Moorla.

Sie kramte in einer ihrer vielen Taschen herum und nahm etwas heraus.

„Hier nimm das an dich! Gib je eins deinen Begleitern und eines behältst du für dich selbst!", mit diesen Worten gab sie Karl vier kleine Beutel.

„Was soll das sein?", fragte er verwirrt.

„Eine geheime Kräutermixtur sie schützt euch vor dem Einfluss des Feindes!", sagte Moorla.

„Warum vier? Wir sind doch nur zu dritt.", wollte Karl von ihr wissen.

„Vertrau mir!", murmelte sie nur.

„Moorla warte!", sagte Karl. „Eine Frage, hab ich dann doch noch! Wo ist der rote Stein hingekommen, der in der alten Mühle versteckt war?"

„Der ist in Sicherheit, glaub mir. Er wird zurück zu dir kommen, wenn es nötig ist!", sprach Moorla.

Karl bedankte sich bei ihr. Er lief so schnell er nur konnte zurück zum Schweinehof seines Vaters. Es war bereits Mittag als er zurückkam.

„Hast du alles erledigt, was zu erledigen war?", fragte Merle.

„Ja, ich geh noch schnell rauf, pack meine Sachen und dann kann es auch schon losgehen!", rief Karl.

So ging er in sein Zimmer und fing an seinen Kram zusammen zu suchen. Moritz schlief auf seinem Bett. Als er den Rucksack sachte neben ihn legte, um den Kater bloß nicht aufzuwecken, bemerkte er nicht, wie Moritz heimlich hinein kroch. Karl legte alles fein säuberlich zusammen und schob es in den Rucksack. Als er ihn sich über die Schulter warf, wunderte er sich wie ein paar Klamotten so schwer sein konnten.

Draußen warteten Merle und Resy bereits auf ihn.

„Von mir aus kann´s losgehen!", rief Karl.

„Ich will nochmal schnell zu Willie.", sagte Merle.

„Lasst uns alle zusammen zu ihm gehen, ich wollte heute sowieso in die Stadt.", sprach Heinz.

„Wo ist eigentlich der Rabe hin?", fragte Karl.

„Den habe ich schon mit einer kleinen Botschaft für den Sultan zurück nach Safran geschickt.", antwortete Merle.

„Dann fliegen wir nicht auf dem Raben?", fragte Karl enttäuscht.

Dafür bekam er drei ungläubige Blicke spendiert, die fragen wollten, ob er das, was er gerade eben gesagt hatte, auch wirklich ernst gemeint hatte.

Voll gepackte mit lauter tollen Sachen, gingen die vier nach Globoli, zur Taverne und Willie.

Willie wartete bereits auf sie. Er hatte den Raben am Morgen vorbei fliegen gesehen gehabt und eins und eins zusammen gezählt, woraufhin er noch ein paar Kleinigkeiten für ihre Reise vorbereitet hatte. Während sich alle ein wenig stärkten, suchte Karl ein Gespräch mit seinem Vater.

„Hast du eine Idee, wie wir schnell, sicher und unkompliziert über das Silbergebirge kommen?", fragte Karl.

Heinz nahm einen großen Schluck schwarzen, heißen Kaffee aus einer fein verzierten Keramiktasse.

„Es gibt zwei Wege, der eine ist schnell und der andere unkompliziert.", antwortete er.

„Ok, lass hören!", drängte Karl.

„Schnell seid ihr, wenn ihr durch die Mine der Zwerge hindurch geht. Unkompliziert wird es dann, wenn ihr um das Gebirge herum geht.", erklärte Heinz.

„Und drüber geht gar nicht?", wollte Karl wissen.

„Mein lieber Sohn, das wird viel zu gefähr…", Heinz stoppt mitten im

Satz.

Sein Blick glitt rüber zu Merle und ihrem Rucksack.

„Willie! Hast du eine Minute für mich?", sagte Heinz.

„Einen kurzen Moment noch, Heinz. Dann bin ich bei dir!", rief Willie.

Die beiden alten Herren steckten die Köpfe zusammen, so dass niemand anderes etwas mitbekommen konnte und diskutierten heftig. Karl setzte sich zu Merle und Resy.

„Was hecken die beiden jetzt schon wieder aus?", flüsterte Karl.

„Wer kann das schon mit Sicherheit sagen?", antwortete ihm Resy.

„Merle, bring doch bitte mal den Teppich her!", rief Willie.

Merle löste den Teppich von ihrem Rucksack und gab ihn Willie.

„Heinz, das ist er wirklich. Der mit dem wir damals Graubart bezahlt haben!", sprach Willie.

„Ihr beiden kennt Graubart? Woher?", fragte Merle die beiden.

„Das ist eine sehr lange und langweilige Geschichte.", wimmelte Willie sie ab. „Die erzähle ich dir ein anderes Mal, wenn wir mehr Zeit haben!"

Willie, löste die Strick mit denen der Teppich fixiert war und rollte ihn vorsichtig aus. Erst jetzt konnte man die schönen Stickereien und Verzierungen auf dem rot, blauen Samt richtig erkennen.

„Ob er es nach all den Jahren, noch draufhat?", fragte Heinz.

„Was denn?", wollte Merle von den beiden wissen.

Karl und Resy schauten den dreien mit skeptischem Blick zu.

„Er scheint noch zu schlafen, die Zwerge haben ihn wohl nie benutzt.", murmelte Willie.

„Resy, komm doch bitte mal kurz rüber zu uns.", rief Heinz.

„Wie kann euch beiden weiterhelfen?", fragte sie.

„Benutz deine magischen Kräfte und weck ihn auf!", sprach Willie.

„Wie soll ich das machen, ihn ausschütteln?", scherzte Resy.

„Das ist gar keine so schlechte Idee, versuch es doch einfach mal. Gleich hier und jetzt.", sagte Willie.

Da griff Heinz, Willie auf die Schulter.

„Warte kurz, alter Freund! Wenn das wirklich funktionieren sollte, sollten wir das vielleicht besser draußen machen. Meinst du nicht auch?", flüsterte Heinz.

Willie überlegte kurze und stimmte Heinz ohne Wiederwort zu.

Die Gruppe ging hinaus in den Hinterhof der Taverne. Resy stellte sich mit dem Rücken zu ihr vor dem Teppich auf, die anderen waren zu ihrer eigenen Sicherheit hinter ein paar Fässern in Deckung gegangen.

„Du kannst jetzt angefangen!", rief Willie.

Resy bückte sich und griff nach den Ecken des Teppichs, sie stand wieder auf und blickte skeptisch zu Willie. Der nickte mit dem Kopf und Resy begann, denn Teppich kräftig auszuschütteln. Der wurde augenblicklich steif, als ob er gefroren wäre und zischte plötzlich durch die Luft davon, so das Resy große Mühe hatte sich an seinem Saum festzuhalten. Immer höher, immer schneller flog er, Resy hing an ihm wie ein Fähnchen im kalten Winterwind. Nach einer wilden Hatz mit zick und zack, linksherum, rechtsherum und einem doppelten Looping, kam er ganz gemütlich und langsam wieder zurück. Resy saß nun aber auf ihm.

„Ich wusste doch dass sie es kann!", rief Willie.

„Hasst du denn an ihr gezweifelt?", fragte Heinz.

„Was war denn das gerade eben, Vater?", wollte Karl wissen.

„Sie hat ihn geweckt und im selben Atemzug gezähmt, mein lieber Sohn.", sagte Heinz.

„Das ist Unglaublich!", staunte Merle.

„Das du so etwas nicht kennst Merle, wundert mich jetzt schon sehr. Immerhin kommt er aus Safran, deinem Heimatland!", sagte Heinz.

„Ich hab schon viel davon gehört und gelesen, aber heute, habe ich es zum ersten Mal mit meinen eigenen Augen gesehen!", staunte Merle.

„Ach und Karl, bevor ich´s vergesse, so kommt ihr über das Gebirge.", sagte Heinz.

„Na toll, besten Danke Vater!", Karl wirkte wenig begeistert.

Schnell packten sie ihre sieben Sachen auf den Teppich und verabschiedeten sich voneinander. Der Teppich sauste, unter Resys Kommando, mit seinen drei und einem blinden Passagier, in Richtung des Silbergebirges davon.

Kapitel *I.XV*

Das Gegenteil von Vertrauen ist

Misstrauen

Der Flug durch die eiskalte Winterluft war nicht so angenehm wie es sich anhört, doch die drei Gefährten bissen entschlossen die Zähne zusammen und zogen es ohne mit der Wimper zu zucken durch.

An der Spitze, dem höchsten Punkt des Silbergebirges, pfiff der Wind am stärksten. Resy und der Teppich mussten alles geben, um den Gipfel am Ende zu bezwingen. Durch ein geschicktes Manöver gelang es Resy und dem Teppich den Wind auszutricksen und sie konnten ihren Weg unversehrt fortsetzen.

Der Wind ließ auf der anderen Seite des Gebirges langsam nach und es wurde allmählich wärmer. Nach einer Weile signalisierte Karl, Resy dass er eine kurze Pause einlegen wollte. Sie lenkte den Teppich zu einer kleinen Oase, wo sie im Schatten einer großen Palme durchatmen konnten.

Sie legten ein paar ihre dicken Klamotten ab, tranken und aßen etwas und Karl verteilte die Beutelchen, die er von Moorla erhalten hatte.

„Sie sollen uns vor dem Einfluss des Feindes schützen, hat sie zu mir gesagt, was auch immer das zu bedeuten hat.", sagte er.

Merle gab er zwei, sie verstaute den zweiten in ihrem Hosenbund.

„Ich denke, wir sollten, so komisch es auch klingen mag, niemandem vertrauen!", sagte Merle nachdenklich.

So setzten sie ihren Weg fort.

„Schaut mal da vorne, ist das nicht der Rabe des Sultans?", rief Resy nach einer Weile.

Karl beugte sich rechts und Merle links, an ihr vorbei. Da waren sie aber auch schon an ihm vorbei gezischt. Der Rabe kam ins Taumeln und verlor an Höhe, er fing sich aber schnell wieder und versuchte den Teppich einzuholen.

Der Sultan stand erwartungsvoll auf seinem Balkon und wartete auf ein kleines Zeichen von Merle. Da erspähte er etwas am Himmel.

„Ist das der Rabe?", rief er.

Es waren jedoch zwei Objekte, die er da am Himmel erspähte. Rabe und Teppich lieferten sich ein hartes Kopf an Kopf Rennen, das der Rabe knapp, mit einer Schnabellänge Vorsprung, vor dem Teppich gewinnen konnte. Er schlug hart auf den Marmorfliesen des Balkons auf. Während der Teppich sanft, wie eine Feder zu Boden glitt. Der Sultan eilte hin zum Rabe, schaute ob es ihm auch gut ging und nahm ihm den Zettel ab.

„Bin auf dem Weg und so schnell es geht bei euch mein Sultan.", las er laut vor. „Unterschrieben von Merle."

Danach verschwand der Rabe wieder. Jetzt viel sein Blick auf den Teppich. Merle und ihre beiden Begleiter standen bereits vor ihm.

„Merle! Das ging ja schnell. Ich habe gerade eben einen Raben mit einer Botschaft von dir erhalten, dass du auf dem Weg bist! Und schon, bist du da!", scherzte der Sultan. „Schön dich gesund und munter, wieder zu sehen!"

„Ich freue mich auch, wieder hier sein zu können, mein Sultan.", sagte Merle.

Die beiden umarmten sich herzlich.

„Wer sind deine Begleiter? Stell sie mir bitte alle einmal vor!", sprach der Sultan.

„Der junge Mann ist Karl…", begann Merle.

„Sehr erfreut sie kennenzulernen.", sagte Karl und schüttelte dem Sultan die Hand.

„…und die Frau ist Resy, der Schutzdschinn der Lampe.", fuhr Merle fort.

Resy machte einen Knicks vor dem Sultan, er nahm ihre Hand und er gab ihr einen Handkuss.

Der Sultan war sehr erfreut über Merles Erfolg bei ihrer Suche, er ließ sofort nach Sesam schicken um das weitere Vorgehen mit ihr zu besprechen.

Sesam kam gerade aus jener dunklen Ecke Safrans, aus der sie schon einmal gekommen war wieder zuhause an, als sie die Nachricht über Merles Rückkehr erreichte. Sie machte sich sofort auf den Weg zum Palast des Sultans. Denn der nächste Neumond war nicht mehr sehr fern…

Als sie die Gemächer des Sultans erreichte, hatten seine Diener bereits Tee, Kaffee und Baklava aufgetischt. Sesam setzte sich zu ihnen, an den großen Runden Tisch auf eines der weichen Sitzkissen, Karl und Resy gegenüber, der Sultan zu ihrer rechten und Merle zu ihrer linken Seite.

So redeten sie einen ganze halbe weile über Merles Reise, wie Karl die Lampe gefunden hatte und das was in Mitzka passiert war. Da sprang plötzlich Moritz auf den Tisch und lief schnurrend, schnurstracks auf Sesam zu und kuschelte sich an sie heran.

„Weg mit dem dreckigen Tier, aber schnell!", schrie Sesam mit weit aufgerissen Augen.

Alle schauten erst sich gegenseitig und dann sie verwundert an.

„Karl, ist das dein Tier?", fragte der Sultan.

„Ja, bitte entschuldigt, das ist mein Kater…", sagte Karl.

„Bring das Tier bitte nach draußen, er kann gerne im Palast herumschleichen wenn er mag, aber nicht hier drinnen!", sagte der Sultan mit ruhiger, aber bestimmender Stimme.

Karl nahm den Kater auf den Arm, der protestierte laut miauend dagegen.

„Wie kommst du jetzt auf einmal hier her?", fragte ihn Karl.

„Mau mau, Miau!", antwortete er, was soviel hieß wie. „Hatte mich in deinem Rucksack versteckt gehabt."

Karl öffnete die große, schwere Tür setzte den Kater davor ab, ging wieder hinein und schloss die Tür hinter sich. Er ging wieder zu seinem Platz und setzte sich.

„Warum hast du eigentlich, zwei verschiedenfarbige Augen?", fragte Sesam auf einmal.

„Das würde mich allerdings auch interessieren, dass eine der beiden erinnert mich irgendwie an jemanden...", sagte der Sultan.

„Das grüne, ist von meinem Vater. Das blau habe ich von meiner Mutter bekommen.", sprach Karl.

Sesam schaltete blitzschnell.

„Hatte der Sultan nicht gesagt, er hatte den blauen Stein einer Freundin von sich gegeben? Vielleicht war sie ja seine Mutter gewesen!", dachte sie sich.

Sesam sprang auf.

„Mein Sultan, mir ist da gerade wieder etwas wichtiges eingefallen.", sagte sie. „Hattet ihr mir nicht erzählt, dass die Lampe wenn sie einem der drei Stein sehr nahe ist, in dessen Farbe auf leuchtet?"

„Ja, das stimmt. Sehr gut aufgepasst, Sesam.", sprach der Sultan.

Resy kam das sehr komisch vor, sie sagte aber nichts, es könnte ja auch sein, dass sie die Wahrheit gesagt hatte.

Sie beschlossen am nächsten Morgen gemeinsam mit dem Teppich nach Mitzka aufzubrechen. Sesam verabschiedete sich als erste, sie hatte noch etwas Wichtiges zu erledigen. Sie hatte den Raum kaum verlassen, da ging Karl zum Sultan.

„Ich möchte ja nicht unhöflich sein oder jemanden beleidigen.", sagte er. „Aber irgendetwas stimmt hier ganz und gar nicht."

„Ich weiß nicht, was du meinst?", sagte der Sultan und zuckte mit den Schultern.

Da Karl nicht so recht wusste, wie er es dem Sultan hätte erklären sollen, ließ er es fürs erste auf sich beruhen.

Kurz darauf verließen auch die drei den Sultan und suchten nach

106

Moritz, der war aber nirgends aufzufinden, so ließen sie ihn vorerst im Palast zurück.

„Wisst ihr schon, wo ihr heute Nacht schlafen werdet?", fragte Merle, so nebenbei in die Runde.

Karl und Resy schauten sich ratlos an.

„Darüber, haben wir noch gar nicht nachgedacht!", sagten sie im Chor.

„ Wenn ihr wollt, könnt ihr heute gerne bei mir Übernachten, das ist kein Problem!", rief Merle freudestrahlend.

„Macht dir das auch wirklich nichts aus?", fragte Resy leicht verunsichert.

„Wir wollen dir schließlich keine Umstände machen oder uns aufdrängeln!", sagte Karl.

„Nein, alles gut! Wenn ihr beiden heute bei mir Übernachtet, bin nicht so allein!", lächelte Merle glücklich.

Karl wollte sich unbedingt die Sagenhafte Stadt Safran, die er aus seinem alten Märchenbuch kannte, noch ein wenig genauer anschauen und erkunden. Merle zeigte ihnen rasch nur ein Paar der Sehenswürdigkeiten, wie den Wunschbrunnen auf dem Markt und die große Basilika im Norden der Stadt. Über einen kleinen Umweg durch die zahlreichen Gassen und Gänge erreichten sie schließlich Merles bescheidene Unterkunft, ein kleines Zweistöckiges Haus am Rande des Marktplatzes. Merle öffnete die quietschende Tür.

„Karl, du kannst, wenn du möchtest, gerne oben schlafen. Da ist auch ein Waschraum.", sagte sie.

Er ging nach oben, um sein Nachtlager zu inspizieren. Resy stupste Merle auf einmal an.

„Was hast du?", fragte Merle.

Resy hielt ihr, ihre Hand hin. In ihr war der rote Stein.

„Wo hast du den her?", flüsterte Merle.

„Frag nicht. Pass bitte gut darauf auf!", sagte Resy.

Merle schaute sie fragend an und nahm den Stein an sich.

Am nächsten Morgen in aller früh, noch vor dem ersten Hahnenschrei, brachen Karl, Resy und Sesam mit dem Teppich nach Mitzka auf. Merle blieb zurück.

Kapitel *I.XVI*

Sagt *e*r *d*er *d*ie *W*ahrheit, *d*er *g*ute

Mohn

Zur selben Zeit geschah folgendes, in dem alten verfallenen Tempel nahe Mitzka. Mohn hatte den Wechsel zwischen Sonne und Mond schon ein paar Mal gesehen, er litt so sehr unter Hunger und Durst das er kaum noch die Augen offen halten konnte und schon langsam anfing zu halluzinieren.

Da schreckte er plötzlich auf, er hörte auf einmal Schritte, aber bildete er sie sich nur ein oder waren sie real? Sie kamen aber nicht auf ihn zu, sondern entfernten sich wieder von ihm. Mohn schrie laut um „*HILFE!*", die Schritte stoppten. Sie wechselten die Richtung und kamen jetzt auf ihn zu. Ein alter Mann, mit langem weißen, geflochtenem Bart, Turban auf dem Kopf und einer brennenden Fackel in der Hand stand plötzlich vor ihm.

„Wer seid ihr, Freund oder Feind?", fragte Mohn zögerlich.

„Dein Retter, vielleicht?", sagte der alte Mann.

„Seid ihr echt oder nur ein Hirngespinst von mir?", stotterte Mohn.

„Finden wir es doch einfach heraus!", sprach der alte Mann mit einem Lächeln auf den Lippen.

Der unbekannte band ihn los und gab ihm etwas zu essen und trinken.

Mohn erzählte ihm wie er in diese missliche Lage gekommen war.

„Darf ich erfahren, wie euer Name lautet?", fragte Mohn den alten Mann.

„Mein Name? Der tut nichts Sache!", sagte er.

„Oh doch, das tut er sehr wohl! Ich will wissen, wie mein Retter mit Namen heißt!", drängelte Mohn.

Der alte Mann seufzte laut.

„Na schön, wie du willst ich verrate ihn dir, mein Name ist Barbaros.", sagte er schließlich.

„Diesen Namen, habe ich doch schon mal irgendwo gehört...", murmelte Mohn. „...wo war das nur gleich gewesen..."

Die beiden verließen gemeinsam den Tempel und gingen schnellen Schrittes zurück nach Mitzka. Wo sich Mohn, ohne große Verzögerung ein Kamel und einige Vorräte besorgte. Kurz bevor er aufbrechen wollte, stoppte ihn Barbaros jedoch.

„Warte noch kurz!", sagte er und kramte in seiner Tasche herum.

Barbaros holte ein silbernes Abzeichen heraus.

„Nimm das, es wird deine Unschuld beweisen!", sagte er.

Mohn bedankte sich höflichst für alles und ritt auf seinem Kamel in Richtung Safran davon.

Er war schon eine ganze Weile unterwegs gewesen, da sah er etwas am Himmel.

„Das kann doch jetzt nicht wahr sein!", rief Mohn und gab seinem

Kamel noch einmal gehörig die Sporen, er hatte den fliegenden Teppich am Himmel über sich erspäht.

Die Sonne stand gerade an ihrem höchsten Punkt und Merle drehte ihre tägliche Runde über den Markt. Ihr Gewissen plagte sie etwas. Da kam jemand wie wild auf einem Kamel angeritten und stoppte auf ihrer Höhe. Der Reiter und Merle verschwanden in einer dichten Staubwolke.

„Mohn! Was in aller Herren Länder willst du hier, du elender Verräter!", rief Merle, als sich der Staub legte und sie ihn erkannte.

„Merle, bitte lass es mich dir erklären!", flehte Mohn sie an.

Er sprang von dem Rücken des Kamels herunter und griff in seine Tasche. Doch das interessierte Merle nicht im Geringsten, sie packte ihn am Kragen und schleifte ihn ohne ein weiteres Wort zum Palast und vor den Sultan.

„Was hast du mir denn da schönes angeschleppt, Merle?", scherzte der Sultan.

„So lasst es mich doch bitte erst einmal alles erklären!", bettelte Mohn die beiden an.

Merle seufzte leise in sich hinein.

„Ich fürchte. Er hat recht mein Sultan, auch er hat eine faire Chance verdient!", sagte sie.

Der Sultan nickte. Mohn erzählte ihnen alles, bis ins kleinste Detail, von dem Tempel, Delta und Sesam, wie er gefesselt wurde, was sie vorhaben und wie er gerettet wurde."

Der Sultan lachte laut auf.

„Barbaros? Willst du dich etwa über mich, deinen Sultan, lustig machen? Er war der Ausbilder meines Urgroßvaters! Er müsste jetzt weit über 250 Jahre alt sein!", rief er empört.

Merle zögerte noch und Mohn konnte endlich das silberne Abzeichen aus seiner Tasche holen, welches Barbaros ihm zum Abschied gab.

„Das kenne ich!", rief Merle.

Mohn drehte sich zu ihr um.

„Ich habe es in einem Dorf südlich von Safran gesehen, als ich mich auf meiner Reise verlaufen hatte.", sagte sie.

„Dann, glaubst du mir?", fragte Mohn etwas kleinlaut.

Bevor Merle ihm antworten konnte, nahm der Sultan Mohn das Zeichen aus der Hand und sah es sich sehr genau an. Die beiden schauten ihn erwartungsvoll an. Der Sultan holte tief Luft.

„Was habe ich nur getan!", er drehte sich um. „Mohn, mein Freund, kannst du mir noch einmal verzeihen? Ich habe einen großen Fehler begangen!"

Mohn musste nicht lange überlegen und nahm die Entschuldigung des Sultans an.

„Was machen wir jetzt, wir wissen nicht, wohin sie gegangen sind?", fragte Merle.

Da sprang Moritz zwischen den weichen Sitzkissen des Sultans hervor und miaute laut als ob er etwas sagen wollte.

„Ich kann sie finden!", meinte Merle gehört zu haben.

„Das ist doch das Tier, von diesem Karl, oder nicht?", fragte der Sultan.

„Ja mein Sultan, das ist der Kater von Karl, mit ihm können wir sie ganz sicher finden!", rief Merle.

„Das Beste wird sein, ihr brecht sofort auf. Wir haben keine Zeit zu verlieren!", meinte der Sultan.

„Habt ihr noch so ein fliegendes Ding?", fragte Mohn.

„Nein, leider nicht, ihr müsst wohl oder übel mit einem Kamel vorliebnehmen.", sagte der Sultan.

Mohn und Merle stöhnten im Chor, Kamele mochten sie beide nicht so wirklich.

Sie bepackten eines der schnellsten Kamele des Sultans und brachen so bald als möglich auf, auch wenn es schon langsam Nacht wurde...

Kapitel *I.XVII*

Das Geheimnis liegt im
Auge verborgen

In etwa zur selben Zeit, als Mohn, Merle und Moritz auf ihrem Kamel los ritten, landet der Teppich mit seinen drei Passagieren vor den Toren Mitzkas. Der Mond ging gerade auf, er war nur noch eine ganz schmale Sichel. Bis zum nächsten Neumond konnten es nur noch ein oder zwei Tage sein.

Nach ihrer Ankunft führte Sesam die beiden sogleich zu ihrer Unterkunft, nahe dem Hafen. Kurz darauf verabschiedete sie sich von den beiden.

„Habt eine gute Nacht, ich sehe euch dann morgen früh!", sagte Sesam.

„Schläfst du nicht hier bei uns?", wollte Karl von ihr wissen.

„Nein, mein Freund. Es ist eine sehr alte Tradition das die Mitglieder der Händlergilde in deren Hauptquartier übernachten.", antwortete Sesam.

Als Sesam verschwunden war drehte sich Resy zu Karl.

„Irgendetwas gefällt mir ganz und gar nicht an ihr.", flüsterte sie.

„Ich weiß, was du meinst, es geht mir genauso. Aber um ehrlich zu sein, ich weiß nicht mehr, wem ich noch trauen kann und wem nicht.", murmelte Karl.

114

Die beiden gingen schlafen, es war ein langer anstrengender Tag für sie gewesen. Sesam hingegen ging nicht direkt zur Gilde, sie nahm einen kleinen Umweg zu einem alten verfallen, einsturzgefährdetem Haus. Sie schaute sich gründlichst um, dass sie auch ja nicht, von auch nur einer Menschenseele gesehen wurde, wie sie hinein ging. Drinnen wartete niemand geringeres als Delta auf sie.

„Da bist du ja endlich! Hast du was erreicht?", brummte er sie mürrisch an.

„Ja, die Lampe und der Dschinn sind in Mitzka angekommen!", verkündete Sesam.

„Und der zweite Stein?", fragte Delta ungeduldig.

„Nur keine Angst, wenn ich mich nicht täusche, ist er auch nicht sehr weit weg.", sagte sie.

„Das will ich für dich hoffen, die Zeit drängt langsam und noch länger können wir nicht mehr warten!", meckerte Delta.

Sie beredeten ihren Plan für den nächsten Tag, danach ging Sesam endlich zu ihrer Unterkunft.

Am nächsten Morgen. Resy schlief noch in ihrer Lampe, als der Hahn tief Luft holte und lauthals auf seinem Misthaufen krähte. Karl jedoch störte das wenig, er brütete schon längst über einer Karte der Stadt, die er von der Herbergsmutter bekommen hatte, um sich ein paar Orientierungshilfen zu merken.

Als es an der Tür klopfte, kam Resy aus ihrer Lampe und öffnete die Tür. Sesam stand dahinter mit einem breiten Lächeln auf dem Gesicht. Sie wollte die beiden, um kein Aufsehen zu erregen, zum Frühstück in die Händlergilde einladen. Karl faltete die Karte fein säuberlich zusammen und steckte sie in seine Tasche und sie machten sich gemeinsam auf den Weg.

Das große imposante, ganz aus weißem Salzkalkstein gebaute, Gebäude der Gilde befand sich unmittelbar am Salzmeer. Karl sah zum ersten Mal so viel Wasser auf einmal, er bestand darauf es sich näher an sehen zu dürfen. Er zog seine Schuhe und die Socken aus und stellte die Füße ins Wasser, es war angenehm warm, brannte aber auch an einigen Stellen.

„Wie es wohl schmeckt?", flüsterte er und nahm einen großen Schluck. „Pfui, das ist ja total salzig!", rief er und spuckte das Wasser wieder aus.

„Das ist Meerwasser immer! Jetzt kommt, das Frühstück wartet!", sagte Sesam.

Von innen war das Gebäude der Gilde ebenso beeindruckend, wie von außen, Marmor, Elfenbein, edle Hölzer und Edelsteine wo man nur hinsah.

„Ihr lebt hier wirklich nicht schlecht.", staunte Resy.

„Warte erst mal ab, bis du das Frühstück gesehen hast!", prallte Sesam.

Und so war es auch, ein reich gedeckter Tisch bei dem sich fast die Beine durchbogen. Er war vollgepackte mit frisch gebackenen, duftenden Brötchen und Brot, geräuchertem Fisch und Fleisch, viel Obst und Gemüse welches Karl noch nie zuvor in seinem Leben gesehen hatte, Saft, Milch und Wasser.

Resy und Karl griffen kräftig zu.

„Es wird jetzt langsam Zeit, wir müssen aufbrechen!", sagte Sesam irgendwann.

Um den Schein zu waren ging sie mit ihren Begleitern quer durch die Stadt. Sesam schloss hier und da, den ein oder anderen Handel ab und zeigte den beiden ein paar der vielen Sehenswürdigkeiten. Resy kam es die ganze Zeit schon so vor, als würden sie von jemandem beobachtet werden, doch so oft sie sich auch umdrehte, um sich umzusehen, da wir niemand zu entdecken.

Am Ende ihrer Tour, standen sie oberhalb der Stadt vor dem alten Tempel und genossen die schöne Aussicht.

„Wir müssen hineingehen, wenn wir meinen Bruder Mohn aufhalten wollen!", sagte Sesam, drehte sich um und ging in das alte Gemäuer hinein.

Resy schnippte mit den Fingern und zündete so eine der vielen Fackeln an, die an der Wand hingen, um den Weg zu erleuchten. Nach einem kurzen Fußmarsch erreichten sie den Garten mit dem Teich und sahen einen Strick am Boden liegen.

Jemand packte Karl von hinten und zog ihm die Lampe aus der Tasche. Resy verschwand just in diesem Moment urplötzlich von der Bildfläche. Karl riss sich los und drehte sich um.

„Was ist hier los?", rief er, da traf ihn ein stumpfer, harter Gegenstand am Hinterkopf...

Karl schmerzte der Schädel als er wieder zu sich kam, er lag gefesselt am

Boden bei dem Brunnen, die Lampe stand neben ihm.

„Wo ist Resy?", fragte er benommen.

„Siehst du den grünen Stein, der da an der Lampe haftet?", fragte Delta.

Karl drehte sich erst zur Lampe, dann wieder in Richtung der Stimme.

„Er hält sie in der Lampe gefangen.", sagte er.

„Was tun wir mit ihm, Delta?", wollte Sesam wissen.

Er trat näher an Karl heran, jetzt konnte er sein Gesicht erkennen. Delta beugte sich zu ihm hinunter und blickte tief in sein blaues Auge.

„Wir nehmen uns den blauen Stein und dann verschwinden wir von hier!", sagte Delta.

„Und wie machen wir das?", fragte Sesam.

„Das, meine liebe Sesam, lass mal ganz meine Sorge sein!", Delta grinste fies vor sich hin als er das sagte.

Er griff in seine Tasche und holte eine seltsame Apparatur hervor. Karl lief der Angstschweiß über die Stirn.

„Mir wird das Ganze nur halb so sehr weh tun, wie dir. Das verspreche ich dir!", sagte Delta und begann an Karls Auge herum zu fummeln.

Karl schrie sich die Seele aus dem Leib, es nützte ihm allerdings nichts.

Delta ließ ihn fallen, wie eine heiße Kartoffel, als er mit ihm fertig war.

„Hast du ihn?", fragte Sesam neugierig.

„Ja!", sagte er lachend und hielt ihr den blauen Stein unter die Nase.

„Und sein Auge?", murmelte Sesam.

„Das ist noch drinnen, ich habe nur den Stein daraus entfernt. Gehen wir, die Zeit drängt immer mehr!", sprach Delta.

Sie ließen Karl so zurück, wie sie es einst mit Mohn getan hatten.

Durch einen heftigen Sandsturm zu einer längeren Rast gezwungen, kamen Mohn, Merle und Moritz erst einen ganzen Tag nach diesen Ereignissen in Mitzka an. Ohne viel Zeit zu verlieren, machten sie sich sofort auf die Suche nach Karl und Resy. Merle hatte zwar ein gute Nase, doch den Geruch von Karl kannte sie noch nicht so gut, Moritz dafür umso besser, sie überließ ihm die Arbeit. Er hatte auch recht schnell, die Fährte aufgenommen und sie durch die Gassen und Gänge bis zu dem Tempel geführt.

„Das weckt schlimme Erinnerungen...", murmelte Mohn vor sich hin.

„Warst du hier gefesselt gewesen?", fragte Merle.

„Ja, lass uns reingehen wir haben keine Zeit zu verlieren!", drängte Mohn.

Vorsichtig schlichen sie auf Zehenspitzen durch den Tempel, bis sie zu dem Garten kamen an dem Karl noch immer gefesselt lag.

„Wo bist du nur Barbaros, wenn man dich mal dringend braucht!", fluchte Merle.

Mohn ging zu Karl, Moritz schlich schon um ihn herum. Er richtet ihn auf und erlöste ihn von seinen Fesseln.

„Danke.", sagte Karl etwas kraftlos.

Merle erschrak, als sie ihn ansah.

„Karl! Was ist mit deinem linken Auge passiert? Es ist nur noch weiß ohne Farbe!", rief sie.

„Sie haben, den blauen Stein gestohlen und Resy mitgenommen!", ihm lief eine Träne übers Gesicht als er das sagte.

Mohn kramte in seiner Tasche herum und holte eine Augenklappe heraus.

„Hier nimm die, sie wird nicht sonderlich gut passen, ist aber für den Moment besser als nichts!", sagte er.

Karl saß noch immer kraftlos am Boden, Moritz hatte sich zu ihm gekuschelt und ließ sich von ihm streicheln.

„Dann haben sie jetzt alles, was sie brauchen...", flüsterte Mohn.

Karl schaute sie fragend an.

„Das erklären wir dir später, jetzt müssen wir sie erst einmal einholen!", sagte Merle.

Karl stand auf er wankte etwas, war aber motiviert Resy zurückzuholen.

„Sie sind gestern aufgebrochen.", sagte er.

Karl holte ein Taschentuch von Resy aus einer seiner Taschen. Er ließ Moritz kurz daran schnuppern. Der Kater nahm die Fährte von ihr auf und sie machten sich sofort auf den Weg.

Kapitel *I.XVIII*

Tief drinnen im dunklen
Dschungel

Der Dschungel, der nördlich von Mitzka lag, war wirklich kein angenehmer Ort, warm, feucht und voller Mücken und anderem nervigen Getier. Gerade jetzt zu diesem Zeitpunkt, kämpften sich zwei finstere Gestalten mit einer Lampe im Gepäck durch das dichte Unterholz.

„Verdammtes Viehzeug!", schimpfte Sesam. „Sind wir bald da?"

„Sobald wir den Fluss gefunden haben, sind wir so gut wie da.", sagte Delta.

Sesam hörte ein dumpfes Stampfen hinter sich, Äste knackte und der Boden bebte ganz leicht. Sie zuckte zusammen und suchte hinter Delta Schutz.

„Keine Angst!", sagte er locker. „Das ist nur ein gestreifter Dschungelelefant, wir sind schon ganz nahe am Fluss. Um diese Zeit kommen sie immer zum Trinken hier her."

Und so war es auch, hinter der nächsten Lichtung rechts, links vorbei am übernächsten Baumstumpf war er, ein glasklarer, kristallblauer Fluss, der eine breite Schneise durch den Dschungel schnitt.

„Wir werden dem Fluss weiter Strom aufwärts folgen, pass aber auf. Hier gibt es viele Flusskrokodile!", warnte sie Delta.

121

Sesam war immer weniger begeistert vom diesem Dschungel, erst Mücken, dann gestreifte Elefanten und jetzt auch noch Krokodile.

Sie gingen noch ein ganzes Stück weiter Fluss aufwärts, bis Delta stehen blieb.

„Wir sind am Ziel. Das ist das Tal des Ursprungs, hier ist die alte Stadt, in der wir ihn zurück holen werden!", verkündete Delta feierlich.

„Sieht mir eher wie eine alte Ruine, als wie eine Stadt aus...", sagte Sesam.

Delta warf ihr einen bösen Blick zu, der ihr Augenblicklich das Blut in den Adern gefrieren ließ.

Die beiden durchschritten etwas, das einmal das Stadttor gewesen sein könnte und gingen weiter ins Zentrum der Ruine hinein, vorbei an alten verfallenen Wohnhäusern und etwas das aussah wie ein Kirche oder Basilika.

„Wie geht es jetzt weiter?", Sesam wirkte etwas nervös.

„Ich bereite das Ritual vor. Sobald der Neumond am Himmel steht, geht es los!", antwortete Delta.

Er ging in eines der Häuser hinein und kam mit einem alten zerschlissen Buch wieder heraus. Kurz darauf, begann er mit ein paar großen Kalkmuscheln seltsame Zeichen auf den Boden vor der Kirche zu malen.

Während diesen Ereignissen erreichten Merle und ihre Begleiter ebenfalls den Dschungel. Für Moritz wurde es zunehmend schwerer der Fährte von

Resy und Sesam zu folgen, deshalb versuchten sich Merle und Mohn im Fährten lesen. Karl hingegen versuchte unterdessen Moritz im Auge zu behalten, was gar nicht so leicht war, mit nur einem Auge.

Der Kater hatte sich unterdessen davongestohlen und war in das dichte Unterholz gekrochen. Da traf er auf einen ruhenden gestreiften Elefanten.

„Guck mal an, ein Einheimischer!", dachte er. „Der kann uns bestimmt weiterhelfen!"

Moritz ging vorsichtig näher ran und stupste ihn mit seiner Pfote ins Gesicht und an den Rüssel, der dicke reagierte aber nicht auf ihn. Er versuchte es weiter und bemerkte dabei nicht dass er den Elefanten mit seinem rot getigerten Schwanz im Ohr kitzelte. Dadurch wachte er schließlich auf und trötete den Kater laut an. Der wiederum erschrak, fauchte zurück und machte einen riesigen Buckel, wodurch er größer und bedrohlicher wirkte. Sie schauten sich tief in die Augen, dann redeten sie normal weiter.

„Hast du hier in der Nähe, zwei zwielichtige Gestalten gesehen?", fragte der Kater.

„Ja, das habe ich tatsächlich.", antwortete der Elefant. „Soll ich dir und deinen Mitstreitern den Weg zeigen?"

„Das wäre ganz toll!", rief Moritz. „Moment, warte kurz. Woher weißt du, das ich nicht alleine hier bin?"

„Bei dem Lärm den ihr gemacht habt, war es schwer euch nicht zu hören! Los jetzt, spring auf, ich bring euch zu ihnen.", trötete der gestreifte Elefant.

Der gestreifte Elefant baute sich zu seiner vollen Größe auf, Moritz sprang zuerst auf seinen Rüssel und von dort aus auf seinen Kopf. So gingen sie zu den anderen. Karl suchte noch immer nach Moritz, als der Boden zu beben begann. Alle drehten sich in die Richtung, aus der die Geräusche kamen. Der Elefant betrat die Lichtung und trompetete laut. Der Schreck saß allen tief in den Knochen. Moritz miaute und signalisierte ihnen das sie aufsitzen sollen. Was gar nicht so leicht war, der Elefant war etwas größer als Karl und er war der Größte der Gruppe gewesen.

Der Elefant kam schneller voran als es Delta und Sesam tags zuvor gewesen waren und so kam die alte Stadt in der Hälfte der Zeit in Sicht.

Es wurde bereits dunkel und der Neumond kam zum Vorschein. Delta hatte sich eine schwarze Kutte mit Kapuze übergeworfen und begann mit dem Ritual. Sesam beobachtete ihn aus einiger Entfernung dabei. Er stellte die Lampe in die Mitte der Symbole, die er am Morgen aufgemalt hatte, das Buch legte er vor der Lampe ab und brachte den blauen Stein, neben dem grünen an ihr an. Resy erschien, regungslos und mit glasigem Blick vor ihnen.

„Beginn mit dem Ritual!", befahl Delta.

Resy begann mit ihren Händen seltsame Zeichen zu formen, bevor sie anfing zu tanzen. Der Rand des Neumondes begann rot zu leuchten, der Himmel zog sich mit Wolken zu. Resy stoppte ihren Tanz, aus ihr, der Lampe und dem Buch stiegen Nebel Schwaden auf, die sich zu einem Wirbel formten, der sich immer schneller drehte. Es donnerte, ein Blitz zuckte in den Nebel, der formte sich daraufhin zu einem schwarzen

Schatten mit rotglühenden Augen. Resy fiel zu Boden, die Lampe klirrte und bekam Risse und Sprünge, aus dem Buch verschwanden sämtliche Buchstaben, Zeichen und Zahlen.

„Verdammt, wir sind zu spät!", rief Merle als sie dazu stießen.

Karl lief, ohne über die Konsequenzen nachzudenken auf Resy zu, der Schatten ging jedoch dazwischen.

„Besser zu spät als nie!", sagte Delta laut lachend.

Er griff nach der Lampe, Sesam nach dem Buch und sie verschwanden im Schutz der Dunkelheit in die Nacht, der Schatten folgte ihnen.

Merle lief zu Karl und Resy. Sie zog den Kräuterbeutel aus ihrem Hosenbund.

„Nimm den vielleicht hilft es!", sagte sie.

Karl öffnete den Beutel und ließ Resy daran riechen, sie öffnete kurz die Augen.

„Karl, es tut mir…", sie schlief mitten im Satz ein.

„Wir sollten es ihr gleichtun.", sagte Mohn. „Es war ein langer Tag und ihnen jetzt bei Dunkelheit zu folgen, bringt rein gar nichts!"

„Ich halte die erste Nachtwache." sagte Merle.

So versuchten sie alle wenigstens ein paar Stunden zu schlafen...

Kapitel *I.XIX*

Er ist zurück, der, den man
Omnikron nennt

Es war der nächste Morgen. Mohn versuchte über einem kleinen, spärlichen Lagerfeuer, welches er mit zwei Steinen und einem Stock entfacht hatte, etwas halbwegs Brauchbares zu essen zu zaubern. Der Geruch von Speck und gebratenem Gemüse lockte alle aus ihren Nachtlagern heraus, alle bis auf eine, Resy. Karl ging rüber zu ihr in die Ecke, in der sie saß. Mit ein wenig geschickter Überredungskunst gelang es ihm schließlich, sie doch noch dazu zubewegen mit zum Frühstück zu kommen. Alle begrüßten sie freundlich und herzlich. Doch irgendwas war anders, mit Resy, an diesem Morgen...

„Ich kann mich wieder an so einiges erinnern...", sagte sie mit einer lauwarmen Tasse Tee in der Hand.

Karl und Merle schauten sie fragend an. Doch es war Mohn, der am Ende die alles entscheidende Frage stellte.

„An was kannst du dich denn wieder erinnern?", wollte er von ihr wissen.

„Ich, war ein Mitglied der Magiergilde von Safran, ohne Rang dafür mit viel Talent und Potenzial. Wir kämpften einen hoffnungslosen Kampf gegen das, was wir alle heute noch Omnikron nennen, er war ein Nachtmahr, ein Albtraum und Schatten, der mit Vorliebe die Seelen der

126

Menschen frisst. Die Ältesten der Gilde sahen keinen anderen Ausweg als ihn zu versiegeln. Die Wahl fiel dabei auf mich. Da ich keine Familie mehr hatte und auch das nötige Talent mitbrachte, wurde ich geopfert. Ich nahm all seine Macht in mir auf und schloss mich und ihn in der Lampe ein.", erzählte Resy.

„Und was war danach?", fragte Merle vorsichtig.

„Ich weiß nur das, was passiert ist, nachdem Karl die Lampe gefunden hatte.", sagte Resy.

„Jetzt mal ganz langsam, wer oder was ist dieser Omnikron, eigentlich genau?", fragte Karl.

Resy holte tief Luft, doch Mohn ergriff das Wort.

„Ich selber, kenne nur die Geschichten und Legenden, die uns Mutter und Vater einst erzählt haben als wir noch kleine Kinder waren und das, was ich von Sesam und diesem komischen Typen aufgeschnappt habe.", begann er.

Alle schauten ihn gespannt an.

„Als wir noch klein waren, wurde uns immer erzählt das Omnikron, böse und unartige Kinder in ihren Träumen heimsucht und sie quält. Das er nachts unter ihren Betten lauert und wartet bis sie eingeschlafen sind und dann ihre Träume frisst. Solche kleinen, harmlose Gruselgeschichten eben. Was der Typ allerdings erzählt hat, ist folgendes. Hoffentlich weiß ich noch alles. Sobald die Lampe ihren Platz verlassen hat, werden die drei Steine wieder aktiv und um ihn zurückzuholen werden zwei der drei Steine benötigt.", erklärte Mohn.

„Aber woher zum Donner weiß er das alles?", fragte Resy.

„Vielleicht aus dem Buch, welches er bei sich hatte.", antwortete Karl.

„Möglich wäre das. Dieser Delta hat auch noch gesagt, dass er mit dem dritten Stein einen Körper bekommen kann.", erzählte Mohn weiter.

„Dann war in den Steinen, der Lampe, dem Buch und Resy, vielleicht je ein Teil von ihm versiegelt.", meinte Merle.

„Ich glaube, so langsam versteh ich es.", sagte Karl. „Das heißt, Resy ist gar kein echter Dschinn."

„Das stimmt, ich bin jetzt wieder ein ganz normaler Mensch, genauso wie ihr es auch alle seid.", murmelte Resy.

„Darf ich dich fragen, wie alt du eigentlich bist, Resy?", fragte Karl zögerlich.

„Ich war damals 22 und...", sie überlegte. „...wenn ich mir überlege, wie stark sich die Welt seit damals verändert hat, müsste ich jetzt so um die 220 Jahre alt sein, schätze ich."

Es herrschte kurzes schweigen.

„Dann ist das, was jetzt gerade passiert, alles nur meine Schuld...", flüsterte Karl.

„So ein Blödsinn!", fuhr Mohn ihn an. „Sesam war sowieso auf der Suche nach der Lampe, es war also nur eine Frage der Zeit, bis sie gefunden wird! Und außerdem, hätten wir uns alle nie getroffen und keiner würde versuchen ihnen einen Strich durch die Rechnung zu machen, wenn du die Lampe nicht gefunden hättest!"

Sie fielen sich nach der Ansprache von Mohn alle in die Arme.

„Resy, hast du eine Idee, wo sie als nächsten aufschlagen könnten?", fragte Merle.

„Ich vermute ganz stark, Safran könnte ihr nächstes Ziel sein.", sagte sie nach kurzem Überlegen. „In der Bibliothek des Sultans, gibt es eine kleine Geheime Türe, die damals zur Kammer der Magiergilde führt. Ich denke dort werden sie hingehen."

„Wo ist eigentlich Moritz schon wieder?", fragte Karl plötzlich.

Alle drehte sich um, aber keiner sah den Kater.

Da trompete es hinter ihnen. Ein gestreifter Elefant stapfte auf sie zu. Auf seinem Rüssel saß Moritz. Er deutete an das sie alle aufsteigen sollten.

„Nicht schon wieder…", jammerte Karl.

Sie packten schnell ihr Sachen zusammen und ritten, auf dem Rücken des gestreiften Elefanten zurück nach Mitzka.

Kapitel *I.XX*

Ein *Schwarzer*

Fleck mitten in der Wüste

Als sie Mitzka dann endlich erreicht hatten, bestand Karl darauf noch einmal bei ihrer Unterkunft vorbeizuschauen.

Die Herbergsmutter begrüßte ihn freundlich und er ging schnurstracks auf das Zimmer, in dem er und Resy gewohnt hatten. Merle und die anderen beiden warteten draußen vor der Herberge auf ihn. Sie hörten Karl laut schimpfen und fluchen, wie er wieder die Treppe runter gelaufen kam, kurz mit der Herbergsmutter sprach und wieder raus zu ihnen kam.

„Sie hat ihn mitgenommen!", sagte Karl niedergeschlagen.

Mit „Ihn", meinte er den fliegenden Teppich, den er im Zimmer zurückgelassen hatte. Jetzt mussten sie doch wieder auf Kamele zurückgreifen. Zum ihrem Glück hatte Mohn einige gute Kontakte in der Stadt, es war also kein großes Problem schnelle, geeignete Tiere zu finden.

Kurz vor ihrer Abreise stellte Karl Resy noch eine kleine Frage...

„Resy…", sagte er. „...du warst doch eine Magierin, das hab ich doch so richtig verstanden, oder?"

„Ja, das hast du. Warum fragst du mich das?", wollte Resy von ihm wissen.

„Hat dir, dieser Omnikron, jetzt wo er wieder da ist, eigentlich

sämtliche deiner magischen Kräfte geraubt oder nur seine eigenen?",
sprach Karl.

„Das ist eine sehr gute Frage, das werde ich wohl bei Gelegenheit
einmal ausprobieren müssen!", sagte Resy.

„Können wir jetzt endlich los?", drängelte Mohn.

Karl lieh sich noch rasch ein wenig Geld von ihm, er musste noch
schnell etwas besorgen. Als er zurückkam, bestiegen sie die Kamele und
setzten sich in Bewegung.

Mohn war mit Merle und Moritz auf dem einen und Resy und Karl auf
dem anderen Kamel unterwegs. Merle war ein wenig eifersüchtig auf Resy
und warf ihr, immer wenn es ihr möglich war böse und finstere blicke
entgegen. Eigentlich hätte sie mit Karl zusammen reisen wollen, aber was
will Frau da machen. Resy hatte darauf bestanden, mit Karl ein Team zu
bilden.

Sie waren schon eine ganze Weile unterwegs gewesen. Da wurde das
Kamel von Resy und Karl ohne Vorwarnung langsamer. Mohn bemerkte
es erst gar nicht. Erst als Merle ihm auf die Schulter klopfte und er
zurückblickte, sah er das sie schon ein Stück zurück gefallen waren. Er
drehte das Kamel um und ritt zu ihnen zurück.

„Resy, was ist los mit euch?", wollte Merle von ihr wissen.

„Hast du den Stein noch, den ich dir vor kurzem gab?", fragte Resy.

„Ja, den hab ich noch!", Merle griff tief in ihre Tasche hinein und holte
den Stein heraus.

„Gib ihn mir bitte!", sagte Resy.

„Was hast du vor?", fragte Karl. „Und wie kommst du überhaupt an den Stein? Der war doch gut versteckt gewesen!"

„Still jetzt!", sagte Resy und nahm den Stein aus Merles Hand.

Sie hielt ihn hoch in die Luft und in jede Himmelsrichtung, bis er irgendwann anfing zu leuchten.

„Was hat das jetzt schon wieder zu bedeuten?", flüsterte Karl beunruhigt.

„Ich weiß es auch nicht, Karl. Los, finden wir es heraus!", rief Resy.

Resy und Karl verabschiedeten sich an diesem Punkt vorerst von Mohn, Merle und Moritz, die ihre Reise nach Safran fortsetzten.

In der ferne hinter einer hohen Sanddüne, erspähte Resy etwas Schwarzes, sie konnte aber nicht genau erkennen, was es war. Die beiden beschlossen näher heranzugehen und so lenkten sie das Kamel in diese Richtung. Was sie gesehen hatte, war eine Oase, es war aber keine normale, sie war durch und durch schwarz.

Das Kamel weigerte sich vehement den schwarzen Sand zu betreten, so ließen sie es vor der Oase zurück.

Karl stöhnte leise.

„Was ist los, stimmt etwas nicht bei dir?", fragte Resy.

„Mein Auge schmerzt...", sagte Karl.

Der Stein leuchtet jetzt stärker und intensiver als zuvor. Sie betraten die Oase und gingen ein Stück hinein. Der Sand fühlte sich anders an, er war weich und federte fast so als würde man auf Moos laufen.

„Karl nimm mal die Augenklappe ab. Vielleicht siehst du ja so etwas, das wir mit bloßem Auge nicht sehen können.", sprach Resy.

Er nahm die Augenklappe ab und sah sich gründlich um.

„Und, was siehst du?", fragte Resy erwartungsvoll.

„Ich glaube, da hinten, da könnte vielleicht etwas sein.", sagte Karl zögerlich.

Die beiden gingen tiefer in die schwarze Oase hinein, bis sie zu einem großen massiven Steinbrocken kamen, der an einer Felswand lag.

„Hier müsste es sein!", rief Karl.

„Was denn?", fragte ihn Resy.

„Der Eingang zu einer Höhle!", sagte Karl.

Sie untersuchten den Felsen von allen Seiten auch von unten und oben. Karl wollte schon fast aufgeben, da setzte er sich auf einen kleineren Stein, der vor dem großen lag. Der kleine Stein sank unter Karls Gewicht im Boden ein. Resy sprang beiseite, der große Steinbrocken setzte sich plötzlich in Bewegung, rollte beiseite und legte den Eingang zu einer Höhle frei. Sie schauten sich beide verblüfft an und betraten vorsichtig die Höhle. Karl setzte die Augenklappe wieder auf, er hatte Angst davor, etwas zusehen, was er nicht unbedingt sehen wollte.

Die Höhle war stockdunkel und doch konnte man genau erkennen, wohin man trat. Resy versuchte mit einem Fingerschnippen Feuer zu machen, es gelang ihr jedoch nicht. Sie versuchte es ein zweites und ein drittes Mal, doch erst beim vierten Versuch gelang es ihr dann auch. Die Flamme war hell, aber nicht so kräftig wie zuletzt.

„Ich muss mich erst an diese neue Situation gewöhnen...", murmelte sie leise in sich hinein.

Der Weg begann sich ein wenig zu schlängeln und Karl viel etwas auf.

„Resy, warte mal kurz.", sagte er und legte seine Hand auf ihre Schulter.

„Was ist denn jetzt schon wieder los?", wollte Resy von ihm wissen.

„Diese Höhle, sie ist genauso aufgebaut, wie die, in der ich einst deine Lampe gefunden hatte!", sprach Karl.

Resy schaute ihn ungläubig an. Ab jetzt ging Karl voraus. Er führte sie bis zu einem Raum in den ein Lichtstrahl fiel. Er sah genau so aus, wie der in dem die Lampe damals stand. Nur mit dem kleinen Unterschied, das die Felsen hier nicht mit Moos bewachsen, sondern Sand bedeckt waren und der Lichtstrahl nicht auf ein Wasserbecken, sondern in ein Sandloch fiel.

Die beiden gingen langsam auf das Sandloch zu, als sie es betraten, stieg eine imposante, reich verzierte sechseckige Säule daraus empor.

„Und was machen wir jetzt?", fragte Karl.

„Ich hab da vielleicht eine Idee!", sagte Resy. „Hast du rein zufällig dein altes Märchenbuch dabei?"

„Welch blöde Frage, das habe ich immer bei mir!", sagte Karl.

Er nahm den Rucksack ab und holte es hervor, dabei rollte ein Teppich heraus.

„Was hast du denn mit dem alten verlausten Ding vor?", fragte Resy.

„Den habe ich von der Herbergsmutter geschenkt bekommen, eventuell fliegt er ja auch!", sprach Karl und gab Resy das Buch. „Was hast du damit vor?"

Resy legte das aufgeschlagene Buch auf die Säule und den roten Stein darauf.

„Hoffentlich klappt das!", flüsterte sie.

Karl trat ein paar Schritte zurück, er hatte etwas Angst vor dem was jetzt gleich passieren würde. Resy sprach ein paar für ihn unverständliche Worte. Der Stein begann zu schweben, diesmal leuchtete er blutrot. Das Buch erhob sich ebenfalls von der Säule und begann sich um den Stein zu drehen. Resy klatschte zweimal kräftig in die Hände und das Buch klappte zu und schloss den Stein in sich ein. Ein gleißend heller Blitz zuckte durch die Höhle. Die beiden wurden geblendet und konnten eine Weile nichts mehr sehen. Als sie die Augen wieder öffnen konnten, sahen sie das der Stein und das Buch zu einem verschmolzen waren, der Stein schwebte noch immer, hatte aber jetzt eine dunkle fast schwarze Farbe angenommen.

„Hat es funktioniert?", fragte Karl.

„Ich hoffe es doch sehr!", antwortete Resy zögerlich.

Karl fragte nicht weiter nach, er wollte nur wieder raus aus der Höhle, ehe auch diese einstürzt, wie die letzte in der er war...

Es war bereits dunkle Nacht geworden als sie aus der Höhle kamen, diese verschloss sich wie von Zauberhand wieder und der schwarze Sand nahm langsam wieder seine normale Farbe an. Ihnen viel auf das ihr Kamel nicht mehr da war, wahrscheinlich war es wieder nach Hause gelaufen.

„Was machen wir jetzt Karl?", Resy wirkte etwas ratlos.

„Dafür, ist der Teppich da!", sagte Karl.

„Meinst du wirklich, dass ich das schaffe?", fragte Resy.

„Aber sicher doch! Ich vertraue dir, du schaffst das!", ermutigte er
Resy.

Bestärkt durch Karls Worte, nahm Resy all ihre noch vorhandenen
magischen Kräfte zusammen und brachte schlussendlich den Teppich,
nach mehreren erfolglosen Versuchen, dann doch noch zum Fliegen. Nicht
so hoch und schnell wie der von Merle, aber es reichte zum
vorwärtskommen vollkommen aus.

Kapitel *I.XXI*

Wo ein **Licht** ist,

ist auch ein **Schatten**

Der Himmel über Safran leuchtet in einem dunklen, düsteren Lila und durch die Stadt zog sich ein schwarzer nebliger Schleier. Es ließ sich nicht mehr genau sagen ob es nun Tag oder ob es schon Nacht war, als Mohn, Merle und Moritz die Stadt erreichten.

Moritz sprang augenblicklich vom Kopf des Kamels herunter, als es stehen blieb und verschwand in den Wirren der Gassen und Gänge, ohne ein Miauen, Fauchen oder Schnurren von sich zu geben. Mohn und Merle stiegen ebenfalls ab, in diesem Moment landete auch schon der Teppich, mit Karl und Resy neben ihnen.

„Hoffentlich, sind wir nicht schon wieder zu spät dran!", sagte Merle.

„Sind wir diesmal nicht!", antwortete Resy und hielt ihr den Stein unter die Nase. „Denn einen hier brauchen sie noch!"

Die vier besprachen noch kurz, wie sie vorgehen wollten ehe sie zum Palast des Sultans aufbrachen. Die Stadt war leer, fast gespenstig, keine Leute auf den Straßen, kein Licht in den Fenstern, es lief nicht mal jemand Patrouille, nur ein paar einzelne Dornenbüsche rollten vom Wind getrieben umher. Einzig der Palast war hell erleuchtet.

„Wo ist eigentlich Moritz schon wieder?", fragte Karl auf einmal.

„Der ist weggelaufen als wir angekommen sind. Warum fragst du? Hast du etwa Angst?", stichelte Merle.

„Nein!", beteuerte Karl. „Ich wollte euch nur ein wenig von der Situation ablenken!"

Sie lachten alle.

„Ok, Schluss jetzt! Volle Konzentration und blick nach vorne, jeder Fehler kann unser Ende bedeuten!", sagte Resy mit ernster Miene und falten auf der Stirn.

Wo sonst Wachen, Händler und hochrangige Gäste aus und ein gingen war weit und breit keine Menschenseele zusehen, der Palast war wie die Stadt Menschen leer. Nur ein Kater streifte durch die leeren Gänge auf der Suche nach etwas. Doch plötzlich kamen Schritte auf ihn zu, er huschte in die nächstbeste Ecke um sich zu verstecken. Resy und ihre Mitstreiter bemerkten ihn nicht als sie an ihm vorbeikamen.

„Merle, du kennst dich hier doch am besten von uns allen aus. Ist die Bibliothek noch da, wo sie früher einmal war?", fragte Resy.

„Wo sie früher einmal war, weiß ich leider nicht, heute befindet sie sich jedenfalls unten im Keller.", antwortete Merle.

Resy blieb stehen, die anderen auch.

„Sie war nicht im Keller gewesen, das weiß ich ganz genau... Wo zum Donner, war sie gleich nochmal…", Resy lief auf und ab, bis ihr ein Licht aufging. „Wir müssen zum Sultan! Wenn ich mich nicht irre, war die Bibliothek früher dort gewesen, wo jetzt seine Gemächer sind!"

Die Tür zu den Gemächern des Sultans stand weit offen und man hört wildes Gerede. Resy meinte eine der Stimmen zu erkennen, doch plötzlich war alles still. Karl ging hinein, Mohn folgte ihm. Resy hielt Merle zurück, sie warteten an der Tür.

„Wenn haben wir denn hier?"

Da war sie wieder, diese Stimme, Resy konnte sie nicht zu ordnen, der Typ unter der Kutte dessen Gesicht man nicht erkennen konnte, klang wie jemand den sie von früher kannte.

Karl schaute sich um, der Sultan lag bewusstlos in einer Ecke auf einem seiner weichen Sitzkissen, ihm gegenüber standen Sesam, der Typ und dazwischen schwebte Omnikron.

„Was habt Ihr mit dem Sultan gemacht?", rief Karl.

„Das gleiche, was ich jetzt auch mit euch tun werde!", antwortete Omnikron mit dunkler, bedrohlicher und schallender Stimme.

Er riss die Augen weit auf, sie begannen blutrot zu leuchten. Karl und Mohn sackten zusammen und blieben regungslos am Boden liegen. Omnikron glitt langsam auf sie zu, da ging Resy dazwischen.

„Auch wenn du keine Füße hast!", rief sie. „Keinen Schritt weiter! Lass die beiden in Ruhe! *ICH*, habe das, was du willst!", schrie sie und hielt den roten Stein in die Höhe.

Omnikron erstarrte und streckte so was wie eine Hand danach aus.

„Stopp!", rief der Typ unter der Kutte. „Gib ihn mir!"

„Zeig mir zuerst dein Gesicht, Fremder!", forderte Resy.

Er lachte laut auf.

„Ok, ich denke das hast du dir nach all dem Ärger den ich euch bereitet habe verdient.", er nahm die Kapuze ab und offenbarte Resy sein Gesicht.

„Delta! Du?", rief Resy entsetzt.

„Ihr kennt euch? Woher?", fragte Sesam.

„Das hat dich nicht zu interessieren!", schimpfte Delta.

Omnikron wurde zunehmend nervöser.

„Du hast jetzt zwei Optionen, Resy.", sprach Delta mit geschwollener Stimme. „Entweder du gibst mir den Stein oder du bringst ihn selbst an der Lampe an."

Resy zögerte kurz, ging dann jedoch direkt auf Delta zu und legte ihm den Stein in die Hand.

„Ich hasse dich, mehr als alles andere auf dieser Welt!", flüsterte sie ihm ins Ohr und ging zurück zu den am Boden liegenden Karl und Mohn.

Delta strahlte wie ein kleines Kind bis über beide Ohren.

„Endlich haben wir es geschafft, nach so langer Zeit!", rief er überglücklich.

Er ging auf die Lampe zu, atmete tief durch, Resy hielt hingegen den Atem an. Die Lampe pulsierte, er bückte sich hinab und brachte den Stein, zwischen den anderen beiden, an ihr an. Sie begann hell zu leuchten, die Risse und Sprünge auf ihrer Oberfläche verschwanden und ihre Farbe änderte sich von einem Goldglänzenden Gelb in ein dunkles lila, fast schwarz.

„Was ist hier los?", rief Delta.

Omnikron wurde langsam zu einem Strudel, der in die Lampe gesaugt wurde. Die Lampe leuchtet immer heller je mehr von Omnikron in ihr war. Als sie ihn komplett aufgenommen hatte Blitze es extrem hell mit einem lauten Ohren betäubenden knall.

Man hörte jemanden wegrennen und jemanden anderen laut fluchen. Delta war entkommen und Sesam lag gefesselt am Boden. Merle hatte sie überwältigt und dingfest gemacht. Sie ging langsam auf Resy zu.

„Woher hast du gewusst das, das funktionieren würde?", fragte Merle.

Resy bückte sich hinunter und griff nach der Lampe.

„Hab ich nicht.", sagte sie mit einem erleichterten Lächeln auf den Lippen.

Kapitel *I.XXII*

Wo ein *Abschied* ist,

ist auch ein *Neubeginn*

So langsam wachten alle aus ihrer starre wieder auf. Der erst war der Sultan, danach wachten Karl und Mohn auf. Draußen färbten sich die Wolken langsam in ein grelles weiß, danach lichtet sich der Himmel und die Sonne begrüßte die Welt.

Der Sultan wunderte sich, warum Sesam gefesselt vor ihm am Boden lag. Merle erklärte es ihm. Da kam auch Moritz endlich zu der Gruppe.

„Mist zu spät!", miaute er erleichtert.

Der Sultan lud sie alle zu einem pompösen Frühstück ein und ließ sich noch einmal alles ganz genau erzählen, was die letzten Tage und Wochen so alles passiert war, besonderes Augenmerk legte er dabei auf Karl.

Als ihm alles klar war, erklärte er kurzerhand den heutigen Tag zum Feiertag und ließ ein großes Fest ausrichten. Die Einwohner Safrans ließen sich nicht lumpen, sie wussten genau wie man Feste feiert. Schlangenbeschwörer, Bauchtänzerinnen, Kunsthandwerker und allerlei zu essen, eben alles, was man sich nur vorstellen konnte. Der Tag verging wie im Flug und der Sultan bestand ausdrücklich darauf dass sie heute bei ihm im Palast übernachten.

Alle waren schon zu Bett gegangen, da ging Merle noch einmal zum

142

Sultan, sie wollte noch etwas sehr Wichtiges mit ihm klären, danach ging auch sie schlafen.

Als der nächste morgen anbrach, machten sich Merle, Resy und Karl auf den Weg zum Sultan.

„Und ihr seit euch da wirklich sicher?", fragte Karl die beiden.

„Ja das sind wir!", sagten Resy und Merle im Chor.

Als sie die Gemächer des Sultans erreichten, war Mohn schon da und redete mit ihm.

„So habt doch nur ein kleines bisschen Gnade mit ihr.", bettelte Mohn.

„Du weißt schon, was auf Hochverrat steht, oder etwa nicht?", fragte der Sultan.

„Ja, das weiß ich, es ist der Tod. Aber vergesst bitte nicht, sie ist immer noch meine Schwester!", betonte Mohn.

Der Sultan stöhnte genervt.

„Mohn, du bist eine alte Nervensäge! Von mir aus, wir verbannen sie in eine der Salzminen auf einer der Inseln im Salzmeer.", sagte der Sultan schließlich.

„Habt vielen Dank mein Sultan!", sprach Mohn und verbeugte sich.

Just in jenem Moment betraten die drei Freunde den Raum und wurden aufs herzlichste begrüßt.

„Es ist also dein voller Ernst, Merle? Du bist dir da absolut sicher, es gibt keine Möglichkeit dich umzustimmen?", fragte der Sultan noch einmal nach um sicher zu gehen.

„Ja, ist es, egal wie oft ihr mich noch fragen werdet, meine Entscheidung ist endgültig! Ich trete von allen meinen Ämtern zurück und geh mit Karl in seine Heimat.", sagte Merle selbstbewusst.

Der Sultan stöhnte erneut.

„Ich hoffe du weißt, dass ich dich nur sehr ungern gehen lasse!", betonte er.

„Mein Sultan, das ist mir sehr wohl bewusst, es wird an meiner Entscheidung aber nichts ändern!", sagte Merle.

„Mit dir Mohn, habe ich ja schon alles besprochen, du wirst auf Grund deiner Tätigkeit als Gewürzhändler zum neuen Botschafter Safrans.", sprach der Sultan.

„Ich bin euch zu tiefstem Dank verpflichtet, mein Sultan! Ich werde euch nicht enttäuschen!", sagte Mohn und verbeugte sich erneut.

Der Sultan drehte sich nun zu Resy.

„Wie sind deine Pläne?", fragte er sie. „Wirst auch du mit Karl zurück in seine Heimat gehen?", wollte der Sultan von ihr wissen.

„Nein, ich werde vorerst hier in Safran bleiben. Ich möchte wissen was in den letzten 200 Jahre so alles passiert ist.", antwortete Resy.

„So soll es sein!", antwortete er. „Nun zu dir Karl!"

Er schluckte und im liefen ein paar Schweißperlen über die Stirn.

„Pass mir bloß gut auf Merle auf! Sonst komm ich höchstpersönlich bei dir vorbei, um dich zu zur Schnecke zu machen!", drohte ihm der Sultan.

Karl wurde blass und stammelte etwas unverständliches vor sich hin.

„Würdet ihr uns beide bitte kurz allein lassen?", sagte der Sultan.

Als die drei das Zimmer verlassen und die Tür geschlossen war, holte der Sultan eine kleines Bündel Papier hervor.

„Du wolltest doch etwas über deine Mutter in Erfahrung bringen, wenn ich mich nicht irre, richtig?", wollte der Sultan wissen.

Karl erschrak kurz, damit hatte er jetzt so gar nicht gerechnet gehabt.

„Ja, das wollte ich! Wisst ihr etwas über sie?", fragte er vorsichtig.

„Nichts Genaues, leider. Aber wenn man eins und eins zusammen zählt, kann es eigentlich nur sie gewesen. Ihr habe ich seiner Zeit, den blauen Stein geschenkt, den du im Auge hattest.", sagte er.

Der Sultan gab Karl das Bündel Papier. Karl nahm es dankend an und öffnete es.   „Diese alten Aufzeichnungen, sind noch von meinem Vater. Ich kann also nicht sagen, ob alles stimmt was darin steht.", sprach der Sultan.

„Lina Zweitstein.", murmelte er.

„Sie war eine Hochrangige Gelehrte aus einem fernen, fremden Land, sie kam am Ende der Ära der Entdeckungen zu uns. Ach, und bevor ich´s vergesse, das hier ist auch noch für dich.", erwähnte der Sultan so nebenbei.

Er holte ein Seidentaschentuch aus seiner Tasche und hielt es Karl hin. Er wickelte es aus und war erstaunt.

„Was ist das?", fragte Karl.

„Eine farbige Glaslinse, die deine Pupille ersetzt, dann kannst du diese blöde Augenklappe absetzten und siehst nicht mehr aus wie ein Pirat!", sagte der Sultan.

Karl nahm die Augenklappe ab und versuchte die Linse einzusetzen, der Sultan half ihm dabei. Karl schaute sich im Spiegel an.

„Sieht gut aus.", meinte der Sultan.

„Ja das tut es, vielen lieben Dank!", sagte Karl.

Er hatte noch so viele Fragen an den Sultan, doch er kam nicht mehr dazu, denn es war Zeit sich zu verabschieden. Resy bestand darauf die beiden bis zum, Silbergebirge zu begleiten. Mit dem Teppich ging es so viel schneller, wie mit einem dieser blöden Kamele.

„Bist du dir wirklich sicher das du Moritz bei dir behalten willst?", fragte Karl.

„Ja, der Kleine Stinker wird es sehr gut bei mir haben, das verspreche ich dir! Und auf die Lampe passe ich auch gut auf, verlasst euch auf mich!", sagte Resy.

Der Abschied war lang und tränen reich. Die beiden suchten den Eingang zur Mine der Zwerge. Merle klopfte selbstbewusst an die schwere Eisentüre und verlangte Graubart und Brummbär zu sprechen. Die beiden freuten sich wie kleine Kinder als sie sahen das es Merle gut ging. Die beiden bestanden darauf das sie zum Essen bleiben und Merle darauf das sie es sich verdienen. So arbeiteten die beiden eine Schicht bei den Zwergen, genossen ein festliches Mahl und holten sich eine Mütze voll schlafe, ehe sie weiter gingen.

Es war noch immer kalt und der Schnee knirschte unter ihren Füßen, als sie die Mine wieder verließen, aber der Hauch des Frühlings lag schon in der Luft.

In der Taverne herrschte reges Treiben, Heinz saß am Tresen und sprach mit Willie.

„Wir müssen etwas unternehmen Willie, sie sind schon ewig und drei Tage weg!", jammerte Heinz.

„Jetzt bleib doch mal ruhig! Resy und Merle sind doch bei ihm! Was soll da schon groß passieren?", antwortete Willie.

„Genau deswegen mach ich mir ja sorgen!", betonte Heinz.

In dem Moment ging die Tür der Taverne auf, alles verstummte und drehte sich um, Erleichterung machte sich unter den Gästen breit. Karl und Merle standen in der Türe. Heinz lief auf seinen Sohn zu und umarmte ihn.

„Doch nicht vor all den Leuten! Das ist peinlich, Vater!", schimpfte Karl.

„Gott sei Dank!", sagte Willie erleichtert und winkte sie zu sich rüber an den Tresen.

Karl und Merle mussten den beiden Rede und Antwort stehen. In einem ruhigen Moment, spät am Abend, nahm Karl das Bündel Papier des Sultans heraus und zeigte es seinem Vater

„Ist sie das?", fragte er.

Heinz sah sich die Blätter genau an.

„Ja, das ist sie. Das ist deine Mutter!", sagte Heinz schließlich.

So vergingen noch einige Stunden und die halbe Nacht, bis der morgen erwachte und der Alltag sie alle einholte...

***

Weiter weg als ihr glaubt,

aber näher als ihr denkt.

Saß der Dunkle König gelangweilt auf seinem Thron.

Doch das ist eine andere Geschichte.

***

Kapitel *II*

Der Dunkle König

*o*der

Wie Resy
*e*rfuhr, *wer sie*
*w*irklich *i*st

Kapitel *II.I*

Im Schatten der

Dunklen Insel

Lange vor Omnikron, auf einer einsamen Insel mitten im Salzmeer, herrschte der Dunkle König einsam und allein über sein Reich. Er war einmal ein stolzer und mutiger Krieger gewesen, der sein Geschick und seine Stärke in zahlreichen Schlachten unter Beweis stellte. Doch das ist lange, sehr lange her, heute sitzt er nur noch, tagaus und tagein gelangweilt auf seinem riesigen, prunkvollen Thron.

An diesem Tag, schien der Dunkle König allerdings auf jemandem zu warten, er tippte aufgeregt mit seinen knochigen Fingern auf der Armlehne seines Thrones herum. Lange hatte er nichts mehr von ihm gehört gehabt. Doch dann vernahm er ein allzu vertrautes Geräusch aus der ferne und sprang auf, er lief so schnell er nur konnte zum Fenster, da erspähte er ein dunkles Boot, welches langsam an Land gerudert kam. Er ging leicht gebückt aber voller Freude, die Wendeltreppe hinunter, durch die langen düsteren, von Spinnweben geplagten Gänge, hinunter in den trostlosen toten Hof seines Schlosses, um den Ankömmling willkommen zu heißen.

„Mein alter Freund!", sagt er mit seiner düsteren, kratzigen Stimme. „Endlich bist du zurück!"

Delta kniete sich hin, hob den Kopf und sah in das blass-graue Gesicht seines Königs, die schwarzen Ringe unter seinen seinen milchig trüben Augen waren heute besonders groß und dunkel, seinen langen weißen Bart hatte er sich zu einem eleganten Zopf geflochten. Die dreizackige Krone saß etwas schief auf dem lichten, weißen Haupthaar, sein zerschlissener schwarz-grüner Umhang wehte leicht um ihm und seine dunkelgraue, fast schwarzen Uniform herum.

Der König hob die knochige Hand und fuhr Delta durch sein volles braunes Haar.

„Wie sehr ich doch die Wärme und den Geruch von lebendem Fleisch am Morgen liebe!", sagte er.

Delta wurde zunehmend nervös.

„Hast du ihn mitgebracht?", fragte der Dunkle König ungeduldig.

„Nein, mein König, ich habe versagt! Es tut mir leid...", sagte er kleinlaut und verbeugte sich so tief vor seinem König, das sein Gesicht den Boden berührte.

„Mein lieber Delta.", sagte der Dunkle König und seufzte dabei. „Was soll ich nur mit dir machen? Du hattest eine solch einfache Aufgabe, sollen die letzten Jahrhunderte alle umsonst gewesen sein? Soll ich dich letztendlich doch noch zu einem Anhänger meiner Untoten Armee machen?", sprach der Dunkle König.

„Bitte, nein! Ich flehe euch an, gebt mir noch eine allerletzte Chance!", bettelte Delta.

„Wo ist er jetzt?", der König wirkte gereizt.

„Resy hat mich reingelegt! Sie hatte den roten Stein manipuliert und damit Omnikron in eine Dunkle Lampe gesperrt!", meckerte Delta.

Der Dunkle König fluchte vor sich hin und gab Delta ein gehörige Ohrfeige, dass es durch den gesamten Schlosshof schallte.

„Ich habe nicht mehr viel Zeit und möchte nicht als eine Seite in der Chronik irgendeines anderen versauern!", schimpfte der Dunkle König lautstark. „Hinfort mit dir, hinaus aus meinen Augen! Ich überlege mir später, was ich mit dir mache!", plärrte er Delta an.

Der Dunkle König ging hinauf in den höchsten Turm seines Dunklen Schlosses und blickte über sein kleines karges Inselreich. Es war ein totes, ödes Land, kein Leben weit und breit, egal wohin man auch schaute, die wenigen Menschen, die hier noch lebten, hielten sich so gut es ging versteckt.

„Es läuft nicht ganz nach Plan, aber es könnte viel schlimmer sein.", flüsterte der Dunkle König und lachte dabei gehässig vor sich hin.

Delta, war inzwischen hinab gestiegen in den Keller. Nahe des Kerkers lag sein Quartier. Eine kleine düstere Kammer, die er sich mit ein paar garstigen weißen Ratten teilen musste, ohne Fenster und somit ohne auch nur ein kleines Fünkchen Tageslicht.

Sein Zimmer wurde nur von einer runter gebrannten Kerze leicht erhellt, welche auf einem kleinen Schreibtisch stand. Daneben befanden sich ein altes altersschwaches Bücherregal, ein klapprigen Stuhl und ein verlaustes Bett. Er setzte sich vorsichtig auf den Stuhl, er knarzte unter seiner Last.

„Und das als Dank dafür, dass ich mich vor…", er überlegte kurz. „…
ich weiß gar nicht mehr wie lange es jetzt schon her ist, als Spitzel in die
Magiergilde geschlichen habe. Ok, ich habe damals auch versagt, aber wer
bitte hat die ganze Zeit versucht Omnikron zurückzuholen? Untote Armee
das ich nicht lache! Nur weil er mich die ganze Zeit über am Leben
erhalten hat!", brabbelte er wütend vor sich hin.

Delta stand auf, ging rüber zum Bücherregal und griff wahllos nach einem
der vielen alten Bücher. Er zog es aus dem Regal, schlug es auf und
blätterte eine Weile wild darin herum.
    „So könnte es vielleicht gehen...", murmelte er grinsend, schlug das
Buch wieder zu und stellte es zurück...

Kapitel *II.II*

Resy

und *Moritz*, gemeinsam auf der Suche
nach irgendwas in einer *Höhle*

In etwa zur gleichen Zeit, war Resy in einer kleinen Höhle außerhalb Safrans unterwegs, um nach magischen Artefakten zu suchen, der rot getigerte Kater Moritz half ihr tatkräftig dabei.

„Hey, du kleiner, dicker roter Fellball, nimm deinen elenden Schwanz da weg, sonst schneide ich ihn dir ab!", fauchte Resy ihn genervt an, als er ihr mit seinem Schwanz vor der Nase herum wedelte.

„Jetzt schieb mal keinen Stress, Schwester! Wer von uns beiden wollte denn unbedingt das ich mitkomme?", knurrte der Kater zurück.

„Du hättest doch ohnehin nur wieder den ganzen Tag, faul und träge auf der Fensterbank in der Sonne gelegen und den Fliegen beim Fliegen zugeschaut, ohne auch nur eine von ihnen zu fangen!", neckte ihn Resy.

„Ja, weil es da so schön warm und gemütlich ist…", schwärmte Moritz.

Sie schauten sich lange, tief und böse in die Augen.

„Nach was suchen wir hier eigentlich?", fragte der Kater schließlich.

„Nach einem…", Resy stoppte mitten im Satz und schüttelte sich.

„Was hast du auf einmal?", wollte Moritz von ihr wissen.

„Mir ist gerade, ein eiskalter Schauer über den Rücken gelaufen…“, flüsterte Resy.

Der Kater drehte den Kopf leicht zur Seite und schaute sie komisch an, so was kannte er nicht.

Resy versuchte ihm nun zu erklären nach was genau sie suchten. Einem oder mehreren kleinen Bruchstück von etwas viel Größerem.

Doch plötzlich drangen seltsame Geräusche in das innere der Höhle vor. Moritz spitze die Ohren und sprang zum Eingang um nach dem rechten zusehen.

„Eine fette Krähe!“, rief er. „Die schapp ich mir!“

Resy fuhr erschrocken herum.

„Lass den armen Vogel sofort in Ruhe!“, rief sie entsetzt.

Resy ging zu Moritz und befreite den armen Vogel aus den Klauen des Katers.

„Er hat diesen Zettel am Bein.“, knurrte der Kater.

Resy nahm ihm den Zettel ab und las ihn sich durch.

„Der Sultan will uns unverzüglich sehen!“, sagte sie schließlich. „Im Übrigen, ist dieser Vogel keine Krähe, sondern ein Rabe!“

„Ist das nicht irgendwie dasselbe?“, schnurrte Moritz.

Resy zuckte nur mit den Schultern, so genau wusste sie das auch nicht.

Die beiden brachen ihre Suche an dieser Stelle vorerst ab und flogen in Windes eile auf ihrem Teppich zurück nach Safran. Während des gesamten Fluges wirkte Resy beinahe so, als wäre sie nicht ganz da, wo sie hätte sein sollen.

Als der Teppich auf dem Balkon des Sultan hoch oben über den Dächern Safrans landete, wachte Resy langsam wieder auf.

„Hast du irgendwas gesagt Moritz?", fragte sie den Kater.

„Nein, hab ich nicht. Was ist denn los mit dir? Du wirkst so abwesend." sagte er.

„Ich dachte nur eben, jemand hätte nach mir gerufen...", flüsterte Resy.

„Was hast du da gerade gesagt?", fragte der Kater, doch Resy achtete nicht auf ihn.

Sie durchschritten die purpurnen Vorhänge und betraten die Gemächer des Sultans über dessen Balkon.

Der Sultan hatte gerade Besuch, Mohn war bei ihm.

„Dann führt mich meine erste Reise als Botschafter Safrans also nach Ming, in das Land der untergehenden Sonne?", sagte Mohn.

„Ja, so ist es, mein alter Freund. Freust du dich etwa nicht?", fragte der Sultan.

„Ich, will es mal so ausdrücken, mit der Herrscherfamilie hatte ich bisher noch nicht so viel zu tun, aber die Leute sind fremden gegenüber manchmal mehr und manchmal weniger wohl gesonnen.", erklärte er.

„Hallo, alle zusammen!", rief Resy. „Du fliegst nach Ming? Darf ich dich begleiten?"

„Ich fliege nicht, ich fahre mit einem Schiff dahin!", sagte Mohn. „Na ja, wenn ich ehrlich bin, war es nicht geplant das du mitkommst. Ich wollte dich eigentlich nur fragen ob ich dir etwas mitbringen soll wenn ich schon mal da bin. Aber, um die Wahrheit zu sagen, ein bisschen

Gesellschaft wäre mir schon ganz lieb. Also von mir aus, kannst du mich gerne begleiten. Wenn unser Sultan nichts dagegen hat!"

„Ich weiß nicht so recht. Wer passt in der Zeit, in der du weg bist auf die Lampe und deinen Kater auf?", gab der Sultan zu bedenken.

„Die Lampe ist gut versteckt und Moritz kommt auch ein paar Tage ohne mich klar.", meinte Resy.

„Wenn das so ist, dann hast du meine Erlaubnis mitzufahren.", sprach er Sultan.

„Vielen lieben Dank, mein Sultan.", Resy verbeugte sich zum Dank vor dem Sultan.

„Morgen bei Sonnenaufgang reisen wir ab, sei bitte pünktlich!", sagte Mohn und verabschiedete sich von den beiden.

Resy zog sich kurz darauf ebenfalls zurück, in ihr Forscherzimmer in einem der Türme des Palastes. Hier gab es alles, was das Herz begehrt. Bücher über Magie und Geschichte, zahllose Sternenkarten und sogar ein Teleskop. Resy ging zum Bücherregal nahm eines der Bücher heraus und setzte sich auf eines der vielen weichen Sitzkissen, die überall im Zimmer herum lagen. Moritz kuschelte sich an ihre Seite.

„Ist das dein verdammter Ernst? „Ming - Land und Leute". Wer schreibt denn so was?", fragte der Kater.

„Das weiß ich auch nicht, lass mich mal kurz nachschauen.", sagte Resy.

Sie schlug das Buch auf und schaute auf der ersten Seite nach, wer es einst geschrieben hatte.

„L. Zweistein.", murmelte Resy.

„War das nicht...?", wollte Moritz sie fragen.

Aber da war es schon zu spät gewesen. Sobald Resy ein Buch aufschlug und zu lesen begonnen hatte, war es um sie geschehen und sie war, bis sie es wieder zu klappte nicht mehr ansprechbar.

Kapitel *II.III*

*E*ine **Reise** *d*ie *i*st *l*ustig,
*e*ine **Reise** *d*ie *i*st *s*chön

*R*esy erwachte am frühen Morgen, zusammengerollt auf dem Sitzkissen, mit dem Buch unter ihrem Kopf, als ein Hahn, lautstark auf einem Misthaufen krähte.

„So ein Ärger aber auch! Ausgerechnet heute, an diesem Tag, hab ich mal wieder verschlafen!", rief Resy.

Hektisch sprang sie auf, packte so schnell es eben ging, notdürftig ein paar lebenswichtige Sachen zusammen und schwang sich anschließend auf ihren fliegenden Teppich.

Mohn lief im Garten des Palastes schon ungeduldig ihm Kreis hin und her und wartete auf Resy. Er wusste ja dass sie nicht gerade die aller pünktlichste ist, aber heute, war selbst sie sehr spät dran.

Mohn sprang erschrocken beiseite, Resy landete auf recht unelegante weiße genau neben ihm.

„Da bist du ja endlich!", schimpfte er lautstark. „Die Karawane ist schon lange weg!"

„Tschuldigung, ich hab mich gestern Abend in einem Buch verloren!", sagte Resy mit einem breiten Lächeln auf den Lippen.

Mohn war etwas böse auf sie, die Karawane war mit den schnellsten

160

Kamelen ganz Safrans unterwegs, keine Chance sie jetzt noch einzuholen.

Doch da kam Resy die rettende Idee!

„Schnell, steig auf!", rief Resy.

Mohn schaute sie verwirrt an.

„Worauf soll ich denn steigen?", fragte er.

„Na auf den Teppich du Dussel, auf was denn sonst? Jetzt komm schon. Trau dich!", drängte Resy.

Sie hatte sich bereits wieder auf den Teppich gesetzt, woraufhin er sich leicht in die Luft erhoben hatte.

„Wie bitte? Das ist nicht dein ernst, oder?", stammelte Mohn.

„Doch, es ist mein voller ernst! Jetzt komm endlich und steig auf!", sprach Resy.

WIderwillig stieg Mohn zu ihr auf den Teppich, war er doch noch nie in seinem zuvor Leben geflogen. Er klammerte sich fest an Resy, als der Teppich losflog.

„Hey! Fummeln und Grapschen verboten, nimm deine dreckigen Pfoten da weg!", fauchte Resy ihn wütend an.

Mohn wurde rot im Gesicht und rutschte mit den Händen ein klein wenig weiter runter.

„Wo geht die Reise überhaupt hin?", fragte Resy.

„Nach Mitzka, zum Hafen...", murmelte Mohn.

Kurz vor ihrem Ziel, der Teppich setzte bereits zur Landung an, kam die Karawane endlich in Sicht.

„Schau mal, da unten ist sie das nicht?", fragte Resy.

Mohn öffnete vorsichtig ein Auge und nickte ihr zu.

Diesmal landete der Teppich butterweich, im heißen Sand.

„Das ist echt nichts für mich, lass uns das bitte nie wieder tun!",
jammerte Mohn, als er wieder festen Boden unter den Füßen hatte.

„Das war dein erster Flug oder? Da gewöhnst du dich schon noch dran
und außerdem, habe ich mich für dich extra zurückgehalten!", kicherte
Resy.

Mohn wurde ganz blass um die Nase als er das hörte.

Die Karawane wurde abgeladen und das Schiff beladen. Es war
mittlerweile Mittag geworden und Resy ging auf einmal, ohne ein Wort zu
sagen weg. Mohn lief ihr nach. Sie ging kreuz und quer durch die Stadt,
bis sie schließlich vor dem alten verfallenen Tempel hoch oben über der
Stadt stehen blieb.

„Resy? Hallo? Hey, wach auf!", sagte Mohn und klatschte vor ihren
Augen zweimal kräftig in die Hände.

Resy schreckte auf.

„Was ist? Wo sind wir und was machen wir hier?", fragte sie verwirrt.

„Sag du es mir. Ich bin dir nur nachgelaufen.", sprach Mohn.

Sie griff sich an den Kopf.

„Mir war fast so, als hätte jemand nach mir gerufen...", murmelte
Resy.

Mohn schaute sie fragend an.

„Wir sollten hier weg, der Ort weckte schlimme Erinnerungen in mir.",
sagte er.

Als sie dem Tempel den Rücken gekehrt hatten und den Weg zurück in die Stadt antraten, kam eine Person aus dessen Schatten heraus.

„Hast du Hunger?", fragte Mohn.

„Ja, ein bisschen schon.", antwortete Resy.

„Komm wir gehen was essen, ich lade dich ein.", sagte er.

Ganz in der Nähe des Schiffsanlegeplatzes gab es eine Lokalität in der es warme und kalte regionale Speisen gab. So konnten sie in aller Ruhe eine Kleinigkeit essen und Mohn nebenbei beobachten, wie das Schiff beladen wurde.

Irgendwann am Späten Nachmittag kam der Kapitän des Schiffes angelaufen, um ihm zu sagen das er bereit ist abzulegen. So geschah es dann auch, das Gepäck von Mohn und Resy war bereits auf ihre Kajüten gebracht worden. Das Schiff legte ab und Mohn ging zu Resy.

„Bist du, das erste mal auf einem Schiff?", fragte er.

„Ja, warum fragst du?", wollte Resy von ihm wissen.

„Hoffentlich wirst du mir nicht Seekrank.", sagte Mohn.

Resy war verwirrt, warum sollte die See krank werden.

Die Überfahrt verlief ohne große Probleme, das eine mal hing Mohn über der Reling, das andere Mal Resy. Doch dann blieb das Schiff ohne Vorwarnung auf dem weiten Salzmeer liegen.

„Ist die See jetzt krank?", fragte Resy.

„Nein, das ist die schlimmste Flaute seit langer Zeit!", sagte der Kapitän, der zu den beiden gekommen war.

„Wo sind wir gerade?", wollte Mohn wissen.

„Das sind die Gewässer rund um die Dunkle Insel.", gab der Kapitän als Antwort.

Nebel zog auf und der Kapitän wurde zunehmend nervöser.

„Was haben sie denn?", fragte Resy.

„Die Untoten Nebel der Insel ziehen auf, wir müssen so schnell wie möglich hier weg!", fluchte der Kapitän.

„Sollten wir die Dunkle Insel nicht eigentlich weiträumig umfahren?", fragte Mohn.

„Normalerweise schon, ich versteh auch nicht so recht, warum wir ausgerechnet hier gelandet sind.", sagte der Kapitän.

Resy fühlte sich schuldig, hatte sie das Schiff unbewusst hier her gelenkt? Da kam ihr eine Idee. Sie lief los und sprang auf den Bug des Schiffes.

„Was hat sie vor?", fragte der Kapitän.

„Gute Frage, nächste Frage!", antworte Mohn.

„In welcher Richtung liegt unser Ziel?", rief Resy.

Der Kapitän ging zu ihr.

„Kurs Süd-Süd-Ost.", sagte er.

„Bitte was?", fragte Resy.

„Elende Landratten!", schimpfte der Kapitän leise und zeigte ihr mit dem Finger die korrekte Richtung.

Resy sprach ein paar magische Worte und blies in ihre hohle rechte Hand. Wie von Zauberhand kam Wind auf. Die Segel blähten sich und das Schiff kam wieder in Fahrt. Der Kapitän ging zurück auf seinen Posten und Mohn zu Resy.

„Wie hast du das jetzt wieder gemacht?", fragte er.

„Ein bisschen Magie und ein wenig Glück.", sagte sie mit einem Grinsen im Gesicht.

Sie standen zusammen noch eine ganzes Stück an der Reling, doch dann irgendwann stellte Mohn eine Frage.

„Warum wolltest du eigentlich unbedingt mitgekommen? Was hoffst du auf dieser Reise zu finden oder zu erfahren?", wollte er von Resy wissen.

„Ich möchte herausfinden was die letzten Jahrhunderte passiert ist. In keinem von meinen Büchern steht etwas über diese Zeit. Dafür brauche ich ein altes Magischen Artefakt welches, wie ich vermute in mehrere Teile zerbrochen wurde.", antwortete sie.

„Weißt du...", sagte Mohn nachdenklich. „...manchmal sollte man die Vergangenheit einfach ruhen lassen. Es könnte nämlich gut möglich sein, dass du Sachen erfährst, die du nie hättest wissen wollen oder sollen!"

Resy schaute ihn verblüfft an, solch philosophische Worte war sie von ihm so gar nicht gewöhnt.

Der Rest der Reise verlief ohne weitere Probleme, manchmal musste Resy dem Schiff noch einen kleinen Schubs geben, mehr war dann aber wirklich nicht mehr gewesen.

Kapitel *II.IV*

Ming

Land, Leute und ein

kleiner Fuchs

Endlich nach vielen Tagen und Nächten auf See, kam endlich Land in Sicht.

„Ist das da, am Horizont, unser Ziel, das Land Ming?", wollte Resy wissen.

„Ja das ist es, das Land der Untergehenden Sonne!", antwortete ihr der Kapitän.

„Wie lang waren wir eigentlich unterwegs gewesen? Ich hab irgendwie komplett die Orientierung verloren...", gab Resy zu.

„Für gewöhnlich brauchen wir 9 – 12 Tage für diese Überfahrt, dank deiner Hilfe haben wir es in der Hälfte der Zeit geschafft!", sagte der Kapitän.

Der Kapitän ließ das Schiff zum Anlegen bereit machen, da ging Mohn auf Resy zu.

„Was weißt du eigentlich über das Land Ming, seine Gebräuche, Traditionen und seine Bewohner?", fragte er.

„Nicht wirklich viel muss ich leider zugeben. Ich habe in einem meiner alten verstaubten Buch gelesen, dass es einst von einer reichen

Kaiserfamilie aus einem der fernöstlichen Länder gegründet wurde. Dann haben sich immer mehr und mehr Händler und Bauern angesiedelt und diese haben dann den Kleidungs-, Bau- und Lebensstil der Gründerfamilie übernommen. Und dann war da noch was, wenn ich mich nicht ganz täusche, mit Ninjas und Samurai und ich glaube Drachen, da bin ich dann aber eingeschlafen…", erzählte Resy.

„Da bist du ja schon recht gut informiert, Resy. Das stimmt so weit alles, nur das die Zeit von Shuriken und Katanas schon länger lange vorbei ist, man kann sich aber, wenn ich mich nicht vollkommen irre noch mit deren Umgang ausbilden lassen…"

Mohn überkam eine dunkle Vorahnung und ihm lief ein kalter Schauer über den Rücken, als er das sagte. Hatte dieser komische Typ Namens Delta, der mit seiner Schwester gemeinsame Sache gemacht hatte, nicht ein Katana bei sich gehabt als er ihm das erste mal in dem alten Tempel bei Mitzka begegnet war?

Das ungleiche Paar erreichte das Festland und begab sich so gleich zum Palast des Kaisers und der Kaiserin von Ming. Auf ihrem Weg kamen sie an zahlreichen Götterstatuen und Tempeln, in denen hin und wieder Tieropfer dargeboten wurden um die Götter zu beruhigen und Klöstern in denen die Mönche dasselbe taten, vorbei. Sie sahen viele Drachenskulpturen, Häuser mit Pagodendächern und den einen oder anderen Einheimischen, die von bunte Kimonos umhüllt waren. Nach einem kurzen, aber anstrengenden Fußmarsch, erreichten sie den Kaiserpalast, der etwas höher gelegen auf einem Hügel stand.

„Mohn, wie spreche ich den respektvoll Kaiser an?", fragte Resy.

„Am besten einfach gar nicht oder nur dann wenn du auch gefragt wirst, er ist ein wenig schwierig und seine Frau Gemahlin noch um einiges mehr.", erklärte ihr Mohn.

„Alles klar, das merke ich mir und wie heißt er?", bohrte Resy weiter nach.

„Der Name des Kaisers ist Cho und der, der Kaiserin ist Chi. Sprich sie aber um Gottes willen nie mit ihrem Namen an. Das gilt nämlich am Hofe des Kaisers als Unhöflich und wird mit Hochverrat gleichgesetzt und mit dem sofortigen Tode bestraft! Sie akzeptieren es nur, wen man sie mit Herr Kaiser oder Frau Kaiserin anspricht!", mahnte Mohn mit erhobenem Zeigefinger und ernster Miene.

Resy wirkte leicht eingeschüchtert, nicht nur durch das, was Mohn gerade eben gesagt hatte, sondern auch durch den Koloss von Palast der sich langsam vor ihnen auftat.

Er war auf vier gigantischen Marmorplatten erbaut worden und hatte, wie die restlichen Häuser der Stadt geschwungene Pagodendächer die mit viel Gold, Silber und Bronze verziert, und mit vielen Drachenstatuen dekoriert waren. Die beiden wurden von den vier Samurai, der Leibgarde des Kaisers und der Kaiserin empfangen und zu ihnen geführt.

Der Thronsaal, war an der Stirnseite durch drei Stufen erhöht, darauf stand der weiße aus Elfenbein gefertigte Thron des Kaisers und der Kaiserin. Die Wände waren mit rotem Samt beschlagen und kunstvoll bestickt.

Hinter dem Kaiserpaar standen ein paar Ninjas und eine Frau, die sich im dunklen verborgen hielt. Die Samurai hatten sich hinter Mohn und Resy aufgestellt. Mohn schaute sich besorgt im Raum um.

„Was hast du?", fragte Resy. „Du wirkst beunruhigt.", doch Mohn antwortete ihr nicht.

Er verbeugte sich und gab Resy einen leichten schubs mit dem Ellenbogen in die Hüfte damit sie es ihm gleichtat. Das Kaiserpaar erhob sich und verbeugte sich ebenfalls. Beide waren sie hochgewachsen, die Kaiserin war einen halben Kopf höher als der Kaiser, beide hatten sie Pechschwarze Haaren, waren schneeweiß geschminkt, mit Feuerroten Lippen und trugen je einen Saphirblauen Kimono mit goldener und roter Bestickung.

„Es freut mich sehr, dass ihr den langen weiten Weg aus Safran zu uns, auf euch genommen habt.", sagte der Kaiser mit geschwollener Stimme.

„Mich freut es das ihr uns empfangt, obwohl wir viel zu früh bei euch angekommen sind.", sagte Mohn noch immer verbeugt.

„Ihr seid nicht zu früh, ihr seid genau zur richtigen Zeit angekommen.", säuselte die Kaiserin.

„So ist es.", sagte der Kaiser und setzte ein breites Grinsen auf. „Wachen!", rief er. „Ergreift sie!", befahl er ihnen.

„Hinfort, mit ihnen! Bringt sie in die dunkelste, feuchteste und dreckigste Zelle, die wir haben!", rief der Kaiser ihnen hinterher.

Mohn wurden sämtliche Nachweise abgenommen, die ihn als Botschafter Safrans Ausweisen konnten, bevor er mit Resy in eine der zahllosen Zelle gesperrt wurde.

„Das ist ja hoch interessant! Er ist tatsächlich zum Botschafter Safrans ernannt worden…", sprach jemand der um eine Ecke herumstand.

Mohn kannte diese Stimme nur allzu gut.

„Sesam, bist du das?", fragte er vorsichtig.

Sie trat aus dem Schatten der Ecke hervor, Resy erschrak sich kurz.

„Du solltest doch in einer der Salzmine verrotten und deinen Strafdienst ableisten!", rief Mohn.

„Ich muss mich noch ganz herzlich bei dir bedanken Bruderherz!", sagte sie lachend. „Nur dank dir, bin ich jetzt hier!"

Sesam ging wieder nach draußen. Mohn schlug mit der geballten Faust gegen das Gitter.

„Wenn das Schiff, das ihn hergebracht hat, ablegt hat, setzt ihr in an die Luft! Die Frau bleibt aber um jeden Preis hier! Habt ihr Hohlköpfe mich verstanden?", hörten die beiden Sesam sagen.

Es waren ein paar Tage vergangen als die Samurai Mohn aus der Zelle holten. Weder das Betteln von ihm, noch das Jammern von Resy konnte sie erweichen. Und so blieb Resy ganz allein in der Zelle zurück.

Mohn war schon mindestens einen halben Tag weg und Resy lehnte gerade mit dem Rücken und verschränkten Armen an der Zellenwand. Mit äußerster Präzision schlug ein Shuriken, nur wenige Millimeter neben ihrer Wange in der Wand ein, in dem Loch in der Mitte steckte ein Zettel. „Ich bin bald bei dir! Hab keine Angst und gib nicht auf!", stand darauf, fein säuberlich geschrieben.

Es dauerte nicht sehr lange, da wurde ihre Zelle ein zweites Mal an diesem Tag geöffnet und jemand hineingestoßen.

„Das werdet ihr bereuen, ihr miesen, dreckigen Bastarde! Das schwöre ich euch bei meinem Leben!", rief sie mit ihr tiefen, aber dennoch hellen Stimme.

Resy schaute sie sich genau an, bevor sie langsam auf die fremde zu ging.

„Hast du mir diesen Zettel geschrieben?", fragte sie vorsichtig.

Die Person drehte sich zu ihr um und nahm die Kopfbedeckung ihres roten Kimonos ab und offenbarte ihr langes, hell blondes Haar, ihre Stupsnase und ihre Saphirblauen Augen.

„Du, du bist ja…", stammelte Resy.

„Ja, ich bin Lina Zweistein. Kennen wir uns zufällig von irgendwo her?", fragte sie.

„Nein, das meinte ich nicht! Du bist ja gar kein Mensch! Aber, was bist du dann?", wollte Resy von ihr wissen.

„Ach so, das meinst du.", sagte sie mit ruhiger Stimme. „Um das zu erkennen, musst du selbst auch ein magisches Geschöpf sein."

„Könnte man so sagen. Ich war mal ein Schutzdschinn gewesen!", sagte Resy.

„Oh! Das erklärt so einiges. Ich bin eine Kitsune.", sprach Lina.

„Eine, was?", fragte Resy.

„Ein Fuchsmensch, oder besser gesagt ein Yokai.", sagte Lina kurz und knapp.

„Davon, hab ich noch nie etwas gehört…", sprach Resy.

171

„Was? Du hast noch nie von Kappas, Tengus oder gar dem großen Neunschwänzigen Fuchsdämon Kyūbi no Kitsune gehört, dem Herrscher über alle Füchse?", fragte Lina erstaunt.

„Nein, noch nie...", gab Resy zu.

„Und das obwohl du ein magisches Geschöpf bist...", murmelte Lina.

Jetzt, nach diesem kurzen Gespräch, erkannte Resy es auch, das, was sie gesehen, aber nicht erkannt hatte, waren zwei Fuchsohren, die Orange-Rot schimmerten und ein Buschiger Schwanz mit weißer Spitze gewesen.

„Wie kommt so ein elegantes Geschöpf wie du, eigentlich hier zu mir in die Zelle?", fragte Resy weiter.

„Das ist eine lange Geschichte.", versuchte Lina sie abzuwimmeln.

„Also, ich hab genug Zeit und weg komm ich hier auch so schnell nicht.", sagte Resy locker.

So begann Lina zu erzählen.

„Du musst wissen, wir Fuchsmenschen können unser Aussehen nach Lust und Laune ändern, ähnlich wie Marderhunde, deshalb werden wir oft als Konkubinen und Jahrmarkts Attraktionen verkauft.", erklärte sie.

„Warum erzählst du mir das eigentlich alles?", fragte Resy.

Lina hatte sie scheinbar nicht gehört und erzählte munter weiter.

„Ich bin in einem der östlichen Kaiserreiche geboren worden und musste von dort fliehen, weil mein Volk dort gejagt und versklavt wurde. Ich musste immer wieder meinen Wohnort und meine Identität wechseln. Über die Jahrhunderte bin ich so viel herumgekommen, habe so viel gelernt und erfahren, bis ich schließlich in Safran gelandet bin.", fuhr Lina fort.

Resy hörte ihr gespannt zu.

„Dort wurde ich in die hohe Schule des Landes aufgenommen und eine gute Freundin der Familie des Sultans. Doch dann beging ich einen großen Fehler, ich verliebte mich in einen der Söldner und bekam ein Kind.", sagte Lina.

„Entschuldige bitte, dass ich dich unterbreche, deine Geschichte ist wirklich sehr interessant und spannende. Aber das kommt mir alles irgendwie bekannt vor, bist du zufällig die Mutter von meinem Freund Karl?", wollte Resy wissen.

„Kennst du ihn wirklich?", fragte sie aufgeregt.

„Ja, er hat mich aus der Lampe befreit, in der ich gefangen war.", sagte Resy.

„Dann ist es also wirklich war... Omnikron ist zurück in dieser Welt?", murmelte Lina.

„Ja leider. Aber, wie bist du dann hier gelandet? Freiwillig bist du doch mit Sicherheit nicht hier?", wollte Resy von ihr wissen.

„Das ist leider wahr. Ursprünglich wollte ich mein Kind gemeinsam mit seinem Vater aufziehen, doch meine Verfolger hatten meine Spur wieder aufgenommen. So musste ich das Kind notgedrungen bei ihm zurücklassen und fliehen. Doch kurz hinter Globoli wurde ich von ihnen geschnappt und als Konkubine an den Kaiser von Ming verkauft.", erzählte Lina weiter.

„Darf ich dich fragen, wie lange das alles ungefähr her ist?", fragte Resy vorsichtig.

Lina lächelte sie an.

„Das muss jetzt ungefähr 250 Jahre her sein, das ich von zuhause geflohen bin.", überlegte Lina.

Resy staunte nicht schlecht. Die beiden unterhielten sich noch eine ganze Weile über das, was damals alles passiert war, den blauen Stein, Omnikron und diverse andere Sachen. Bis Lina wieder aus der Zelle geholt wurde.

Kurze Zeit später wurde sie aber schon wieder zurückgebracht, sie hatte blaue Flecken an Armen und Beinen.

„Jetzt bist du dran!", sagte der Samurai und öffnete die Zellentür.

„Egal was sie dir antun, sag ihnen nichts!", flüsterte Lina, Resy zu, als die beiden Frauen ausgetauscht wurden.

Resy wurde in einen dunklen Raum geführt, der nur von einer kleinen Kerze erhellt wurde, darin stand ein großer Tisch, auf dem sie festgebunden wurde. Es kamen drei weitere Männer und der Kaiser herein.

„Wo ist sie?", fragte der Kaiser garstig.

„Wo ist was?", antwortete Resy schnippisch.

„Das weißt du ganz genau. Die Dunkle Lampe!", drängte er.

„Selbst wenn ich es wüsste, würdet ihr es nie von mir erfahren!", plärrte Resy.

„Sehr schön.", sagte der Kaiser. „Du weißt also doch wo sie ist..."

Der Kaiser lächelte zufrieden, fast so als ob er gehofft hatte, dass sie das sagen würde. Er schnippte mit den Fingern der rechten Hand. Die vier Männer holten je eine große Pfauenfeder heraus und fingen an sie unter den Armen und an den Füßen zu kitzeln. Resy musste so laut Lachen, das ihr die Tränen kamen. Sie hielt lange durch, doch am Ende knickte sie ein und sagte dem Kaiser alles, was er von ihr hören wollte.

„Im Palast des Sultans also... in der Sternwarte... Du da! Bring ihr eine neue Hose und wisch die Sauerei auf, bevor es anfängt zu stinken, aber schnell!", rief der Kaiser.

Resy wurde zurück in ihre Zelle geführt. Lina wartete dort bereits auf sie. Der Samurai warf ihr noch die neue Hose zu, danach verschloss er die Zelle wieder. Resy viel Lina weinend in die Arme.

„Was habe ich nur getan...", schluchzte sie.

Kapitel *II.V*

Wo kommt
die **Lampe,** jetzt so
plötzlich her?

Der Frühling hatte vor ein paar Tagen Einzug in Globoli gehalten, alles begann zu grünen und zu blühen. Karl und Merle hatten sich inzwischen eine eigene kleine Wohnung gesucht, damit sie nicht immer auf dem Schweinehof von Heinz oder in der Taverne von Willie rumhängen oder schlafen mussten. Wobei das auch nicht so ganz stimmte. Karl arbeitete weiterhin bei seinem Vater auf dem Schweinehof und Merle half wann immer es für sie möglich war, Willie in der Taverne aus.

Karl lag gerade nach getaner Arbeit, faul auf dem großen Stein vor dem Hof seines Vaters in der Sonne und genoss ihre wärmenden Strahlen. Seine Ruhe wurde je gestört als Merle angelaufen kam. Sie rief laut seinen Namen. Karl drehte den Kopf zur Seite, kniff ein Auge zu und schaute sie an. Merle war außer Atem und hielt sich die Brust, als sie vor ihm stehen blieb.

„Ist irgendwas passiert?", fragte er.

„Bis jetzt noch nicht, aber ich fürchte, Resy steckt ist in großen Schwierigkeiten.", keuchte Merle. „Lass uns besser rein gehen!"

Karl sprang von seinem Stein herunter, nahm Merle bei der Hand und öffnete die Tür. Sie setzten sich an den großen runden Tisch der in der Küche stand.

„Jetzt noch mal von vorne und ganz langsam. Wie kommst du bitte auf die verrückte Idee das Resy etwas zugestoßen sein könnte?", fragte Karl.

Merle öffnete, ohne ein Wort zu sagen ihre Tasche und holte die Dunkle Lampe, einen Zettel und einen Teppich heraus.

„Wie, wo und warum?", stotterte Karl entsetzt.

„Das weiß ich auch nicht. Ich habe heute Morgen die Nachttischschublade geöffnet und da war sie, zusammen mit dem Brief und dem Teppich.", sagte Merle. „Wir müssen ihr helfen!"

„Ja schon, aber wie? Wir wissen weder wo sie war noch was sie zuletzt gemacht hat als, was auch immer mit ihr passiert ist!", sprach Karl.

„Der Sultan!", rief Merle. „Er wird es wissen, ganz bestimmt!"

Karl schaute Merle mit einem Blick an der sagen wollte. „Wie sollen wir da jetzt so schnell wie möglich hinkommen?"

Es herrschte kurzes Schweigen.

„Was steht eigentlich in dem Brief drin, der bei der Lampe lag?", fragte Karl schließlich.

„Stimmt! Da hab ich noch gar nicht reingeschaut! Lass uns gleich mal nachsehen!", sagte Merle.

Sie öffnete den Brief und las laut vor.

„Lieber Karl, liebe Merle. Falls ihr diese Zeilen lest, hat jemand versucht die Dunkle Lampe zu stehlen und mich dabei überwältigt. Bringt die Dunkle Lampe bitte in Sicherheit, was es auch immer kosten möge!

Kümmert euch nicht um mich! Ich vertraue euch ein paar magische Worte und einen fliegenden Teppich an. Seid vorsichtig! Eure Resy.", Merle drehte das Stück Papier um, da standen wirklich seltsame Worte auf der Rückseite drauf.

„Kannst du das lesen?", wollte Karl von Merle wissen.

„Ja das kann ich. Sie hat aber eine scheußliche Handschrift! Komm lass es uns gleich ausprobieren.", sagte Merle.

Sie gingen hinaus, in den Hinterhof wo sie keiner sehen konnte, außer den beiden dicken Schweinen die dort wie jeden Nachmittag faul in der Sonne lagen.

„Was wollen die beiden jetzt schon wieder hier?", grunzte das eine.

„Ist doch egal, so lange sie sich nicht wieder nackig machen und gegenseitig befummeln wie letztes Mal!", grunzte das andere.

Karl rollte den Teppich aus, er war grün mit goldenem Saum und bunter Bestickung. Merle stellte sich vor den Teppich, Resys Zettel in der Hand und sprach die magischen Worte, doch nichts passierte. Sie versuchte es mehrere dutzend Male und scheiterte ebenso oft. Verzweiflung stand ihr deutlich ins Gesicht geschrieben, aufgeben wollte sie aber noch lange nicht. Doch dann, irgendwann, kam Karl eine Idee, vielleicht hatte ihn aber auch einfach nur die Geduld verlassen. So nahm er Merle die Dunkle Lampe aus der Hand und setzte sich mittig auf den Teppich, denn Zettel brauchte er nicht, die Worte hatte er oft genug gehört, dass er sie im Schlaf hätte aufsagen konnte.

„Was hast du jetzt vor?", fragte Merle.

„Lass mich mal was ausprobieren!", antwortete Karl.

Er sprach die magischen Worte, ebenfalls einige dutzend Male, doch auch bei ihm geschah nichts. Karl wollte schon entmutigt aufstehen, da begann der Teppich jedoch leicht zu zucken und erhob sich eine Hand breit vom Boden. Merle kam aus dem Staunen nicht heraus.

„Wie hast du das gemacht?", wollte Merle wissen.

„Frag nicht! Steig lieber auf wir müssen packen!", sagte Karl.

Die beiden flogen so schnell es ging nach Globoli. Karl kam nach kurzer Zeit erstaunlich gut mit dem Teppich zurecht. Die Landung gelang ihm jedoch nicht so gut…

RUMMS!

Da lagen sie auch schon, mitten auf dem Marktplatz von Globoli auf der Nase im Dreck. Die Leute um sie herum rotteten sich zusammen und begann untereinander zu tuscheln.

„Ich geh schnell meinem Vater und Willie Bescheid sagen das wir aufbrechen, fang du schon mal mit packen an!", sprach Karl und war weg.

Die Taverne war nicht weit entfernt. Karl hoffte das sein Vater auch dort ist. Er öffnete mit Schwung die Tür. Heinz und Willie saßen gemütlich in ein Gespräch vertieft an der Theke und bekamen ihn zuerst gar nicht mit. Karl ging schnellen Schrittes auf sie zu.

„Vater!", sagte er.

„Karl!", antwortete Heinz und drehte sich um.

„Ich muss dir was ganz wichtiges sagen!", begann Karl.

179

„Werd ich jetzt doch endlich Opa?", fragte Heinz ganz aufgeregt mit leuchtenden Augen.

„Was? Nein! Vielleicht, irgendwann einmal, ach keine Ahnung! Das musst du Merle fragen und nicht mich. Darum geht es jetzt auch überhaupt nicht!", sagte Karl.

„Worum geht es denn dann?", fragte Willie ganz ruhig.

„Resy steckt wahrscheinlich in großen Schwierigkeiten, wir brechen jetzt gleich auf, um ihr zu helfen!", sprach Karl.

Nach einer kurzen aber intensiven Diskussion zwischen Vater, Sohn und Willie, über das Wo, Wie, Warum und Weshalb, verabschiedete sich Karl von den beiden und lief zurück zu Merle.

„Ich hoffe nur, dass er weiß was er da tut.", sagte Willie.

„Nicht nur du alter Freund, nicht nur du!", sprach Heinz.

Merle wartete schon ungeduldig auf Karl.

„Kann´s jetzt endlich losgehen?", fragte sie.

Karl nickte ihr zu. Die beiden setzten sich auf den Teppich und flogen los, nicht so schnell und elegant, wie Resy es immer tat, aber schneller als jedes Kamel und schneller als sie jemals zu Fuß gewesen wären. Sie überflogen das Silbergebirge als der Mond aufging, kurz dahinter schlugen sie ihr Nachtlager auf, um bei Sonnenaufgang weiter fliegen zu können.

Die beiden erreichten Safran, als der erste Hahn an diesem Morgen, auf einem Misthaufen krähte. Der Sultan stand gerade mit einer dampfenden

Tasse schwarzem Tee auf seinem Balkon und beobachtet das treiben auf dem Marktplatz, als er etwas seltsames am Himmel erblickte.

„Euch beide, hab ich heute Morgen so gar nicht erwartet.", sagte er als der Teppich neben ihm landete. „Was verschafft mir die Ehre eures Besuches?"

„Sultan Pecorino, wir haben die Befürchtung das Resy etwas zugestoßen ist!", sagte Karl.

„Wo ist sie jetzt gerade?", fragte Merle.

„Sie ist vor ein paar Tagen mit Mohn nach Ming gefahren.", sagte der Sultan. „Wie kommt ihr beiden eigentlich darauf das ihr etwas zugestoßen sein könnte?"

Karl holte die Dunkle Lampe und Merle den Brief von ihr hervor.

„Bei allen guten Geistern!", sagte der Sultan. „Das kann doch jetzt nicht wahr sein!"

Und doch war es genauso gewesen. Karl und Merle bestanden darauf sich das Zimmer von Resy einmal genauer anschauen zu dürfen. Der Sultan führte sie hinauf in den Turm zur Sternwarte, wo sie wohnte. Er sagte ihnen, das Resy den einzigen Schlüssel hat und abgeschlossen ist. Merle störte das nicht, sie zückte eine Haarnadel und eins, zwei, fix war die Tür auf. Der Sultan war verblüfft und schockiert zugleich.

„Wo hast du das denn bitte gelernt? Hat Karl dir das etwa beigebracht?", fragte der Sultan entsetzt.

„Mein lieber Herr Sultan, wie ihr wisst, bin ich in den Gassen Safrans aufgewachsen, da lernt man so was eben.", antwortete Merle.

181

„Hattest du nicht erzählt, das du die Tochter des Großwesirs bist?", fragte Karl.

„Ja schon, aber ich habe in den Gassen der Stadt gelernt zu überleben.", sprach Merle.

Karl zuckte mit den Schultern und stieß die Tür vorsichtig auf. Das gesamte Zimmer war verwüstet und wahrscheinlich auch durchsucht worden. Der Sultan konnte nicht glauben, was er da sah.

„Aber, es war doch abgeschlossen!", meinte er.

„Ich denke, sie sind über das Fenster reingekommen.", sagte Karl.

Der Sultan sah ein, das Resy dringend Hilfe braucht. Er eilte mit den beiden wieder hinunter in seine Gemächer und stellte Karl und Merle alle nötigen Papiere aus, damit sie ohne Probleme nach Ming fahren und an Land gehen konnten.

Nach einem großzügigen Frühstück, auf das der Sultan bestand, brachen sie mit ihrem Teppich nach Mitzka auf, um so schnell wie möglich die Überfahrt antreten zu können.

Kapitel *II.VI*

Nicht jeder ist froh über dieses

Wiedersehen

Seit dem Resy nach Ming gefahren war, blies der Wind viel stärker über das Salzmeer und so kamen die beiden ebenfalls nach gerade einmal vier Tagen an.

Kurz nachdem das Schiff angelegt hatte, machten sich Karl und Merle auch schon auf den Weg in die Stadt, um nach Resy zu suchen. Mohn der, derweil bei einem hiesigen Nudelmacher untergekommen war, ohne seine Papiere konnte er nicht zurück nach Safran reisen, machte gerade Nudeln, als die beiden an ihm vorbeiliefen. Mohn blickte auf. Er rieb sich seine Augen um sicher zu gehen, seinen Augen auch wirklich trauen zu können. Trotzdem, musste er noch einmal genau hinschauen, um sicher zu gehen, was er da gesehen hatte und sprang anschließend nach draußen auf die Straße.

„Karl, Merle, seid ihr das wirklich?", rief Mohn.

Die beiden blieben stehen, drehten sich um und gingen zurück zu ihm.

Resy saß schon eine gefühlte Ewigkeit allein in ihrer dunklen, feuchten Zelle, sie hatte aufgehört die Tage und Nächte zu zählen. Lina war auch schon lange nicht mehr bei ihr gewesen, nur ein paar dicke, weiße Ratten hatten ihr Gesellschaft geleistet. Doch dann, eines Tages konnte Resy ein Gespräch belauschen.

„Hast du sie endlich gefunden?", fragte Sesam.

„Nein! Hab ich leider nicht!", antwortete der andere.

„Ist das Delta?", flüsterte Resy.

„Aber, es ist noch viel besser! Sie ist von selbst hergekommen!", sprach der andere.

„Was er wohl meint? Doch nicht etwa die Dunkle Lampe!", flüsterte Resy und hörte weiter zu.

„Dann kannst du ja schon langsam alles vorbereiten!", sagte Sesam.

„Das werde ich auch tun!", sagte der andere und ging davon.

Kurz darauf kamen zwei Samurai zu Resy und führten sie aus ihrer Zelle hinaus.

Zwischenzeitlich hatte Mohn, Karl und Merle erzählt was ihm und Resy alles zugestoßen war.

„Dann ist Sesam also zurück und nicht wie wir dachten in einer der Salzminen.", murmelte Merle vor sich hin.

Mohn führte die beiden zum Palast des Kaiser, just in diesem Moment öffnete sich das Tor und Resy wurde herausgeführt.

„Resy bist du es wirklich? Geht es dir auch gut?", rief Mohn.

„Ging mir schon Mal besser...", antwortete sie knapp.

„Eine schicke neue Hose hast du da an, steht dir gut. Wo hast du die denn her?", wollte Mohn von ihr wissen.

„Ich will nicht darüber reden…", sagte Resy.

Sie hatte Karl und Merle noch gar nicht bemerkt, bis die beiden auf sie zukamen.

„Ist wirklich alles gut bei dir?", fragte Merle.

Resy drehte sich um und schaute sie entgeistert an.

„Was macht ihr beiden denn hier? Ihr solltet doch die Dunkle Lampe in Sicherheit bringen! Sagte jetzt nicht das ihr sie mitgebracht habt!", Resy wirkte zornig als sie das sagte.

„Ok, dann ich sage es eben nicht.", scherzte Karl.

Resy griff sich an den Kopf.

„Na gut, ist jetzt auch nicht mehr zu ändern.", knirschte sie.

Die Stimmung wirkte sehr angespannt.

„Ihr seid doch sicher alle erschöpft und müde. Ich denke, wir kommen alle bei dem Nudelmacher unter, wo ich gerade wohne und arbeite.", sagte Mohn.

Das Grüppchen verließen den Palast des Kaisers und bemerkten dabei nicht, dass Sesam sie durch eines der vielen Fenster heraus beobachtet hatte. Der Nudelmacher freute sich sehr über die Gäste, er bekam für gewöhnlich nicht viel Besuch.

Resy erzählte Karl und Merle was im Kerker des Palastes alles vorgefallen war, verschwieg ihnen aber das Lina, Karls Mutter ist und nannte auch nicht ihren richtigen Namen. Sie hatte Angst das Karl einen überstürzten Versuch starten könnte sie zu retten.

Resy zog sich beizeiten zurück, sie war müde und wollte endlich wieder einmal in einem richtigen Bett schlafen, jedoch plagten sie diese Nacht fürchterliche Alpträume.

Sie erwachte schweißgebadet mitten in der Nacht aus ihren Träumen. Die Sterne funkelten am Himmel und der volle Mond war in seiner ganzen Pracht zu sehen. Merle schlief noch ruhig im Bett nebenan. Resy musste sehr leise machen, als sie sich aus dem gemeinsamen Zimmer stahl. Sie ging hinaus in den Garten, hinter dem Haus um ein wenig durchzuatmen. Doch sie war nicht allein in dieser Nacht, zu dieser späten Stunde.

„Kannst du auch nicht schlafen?", fragte Karl.

„Ich habe schlecht geträumt.", sagte Resy und setzte sich neben Karl auf die kleine Zedernholzbank, die vor einem kleinen Teich stand, in dem ein paar Koikarpfen schwammen.

„Sind das dieselben Sterne wie in Safran?", fragte Resy auf einmal.

„Wie kommst du jetzt darauf?", gab Karl fragend als Antwort zurück.

„Sie kommen mir so vertraut und doch so fremd vor.", murmelte Resy.

Karl wusste, was sie meinte, auch wenn er von seinen Freunden umgeben war, war es eine fremde ungewohnte Umgebung für ihn.

„Bist du uns sehr böse das wir hier sind?", fragte Karl.

„Nein bin ich nicht.", sprach Resy. „Hey schau mal, dahinten am Rande der Berge. Ist das ein Licht was da vor sich hin flackert?", sie zeigte mit dem Finger in die Nacht und Karl schaute in eben diese Richtung, in die Resy mit ihrem Finger gezeigt hatte.

„Das kann schon sein...", murmelte er leise.

Doch da lehnte sie schon an seiner Schulter, schnarchte leise und war tief und fest eingeschlafen.

Kapitel *II.VII*

Wer kann uns
etwas über diesen
Tempel erzählen?

Als die Sonne aufging, waren Mohn und Karl schon früh wach und halfen dem Nudelmacher fleißig bei seiner Arbeit. Karl nutzte die Gelegenheit und fragte ihn über das Licht, welches sie in der Nacht gesehen hatten, aus. Der Nudelmacher meinte es wäre nur die Spiegelung des Mondes, im Wasser eines kristallklaren Sees am Rande der Berge gewesen.

„Karl, was hast du? Stimmt etwas nicht?", fragte ihn Mohn, als der Nudelmacher den Raum verlassen hatte.

„Ich weiß es auch nicht so genau. Es wirkte irgendwie, als wäre er unsicher und nervös gewesen. Davon mal ganz abgesehen hat er mit seiner Antwort gezögert als ich ihn danach gefragt habe.", sagte Karl nachdenklich. „Ich vermute stark, dass er uns auch nicht die ganze Wahrheit erzählt hat."

„Schon möglich…", murmelte Mohn.

Resy und Merle kamen schnatternd aus ihrem Zimmer und die Treppe herunter.

„Hey Resy, komm doch mal eben zu mir!", rief Mohn.

„Was ist, wie kann ich dir helfen?", fragte sie.

„Karl hat mir von letzter Nacht erzählt.", flüsterte Mohn. „Weißt du zufällig was da geleuchtet hat?"

Resy überlegte kurz.

„Ich bin mir da nicht so wirklich sicher, glaube aber in einem Buch gelesen zu haben, das da am Fuße der Berge ein großer Tempel stehen soll, der umringt ist von einem See.", erzählte Resy.

„Dann hat er, mit dem See schon mal nicht gelogen.", sagte Karl.

„Du hattest aber recht mit deiner Vermutung. Die ganze Wahrheit hat er uns nicht gesagt!", meinte Mohn.

„Worauf wollt ihr beiden hinaus?", fragte Merle. „Ihr wollt doch nicht etwa dahin gehen, oder etwa doch?"

„Wir müssen!", sagte Resy. „Nur dort können wir die Dunkle Lampe endgültig versiegeln und unschädlich machen!"

Der Nudelmacher wollte dazu nichts weiter sagen, egal wie oft oder wer ihn auch danach fragte, fast so als ob er große Angst vor etwas oder jemandem hatte.

So ergab es sich, das die beiden Männer an diesem Tag Nudeln machten und die beiden Frauen loszogen um etwas über den Tempel und oder den See in Erfahrung zu bringen.

Die beiden liefen wahllos durch die Straßen der Stadt und befragten jeden Mann und jede Frau, die sie trafen. Doch kaum einer wusste etwas genaueres oder wollte darüber reden. Einige behaupteten sogar der See sei verflucht und es hausen bösartige Kreaturen und Monster dort.

„Also mal ganz ehrlich Resy, gebracht hat uns das nicht wirklich viel.“, sagte Merle enttäuscht.

„Da hast du leider nicht ganz unrecht und was machen wir jetzt?“, fragte Resy.

Da standen sie plötzlich vor einem riesigen Haus, das von einem großen Buch an der Front geziert wurde. Sie konnten nicht lesen was darunter stand, also beschlossen sie, einfach hineinzugehen und es sich anzuschauen.

Das Gebäude stellte sich als Stadtarchiv und Bibliothek heraus, zu ihrem Glück gab es hier auch Bücher, die sie lesen konnten. Beide verschwanden in unterschiedlichen Regalen und trafen sich wenig später in der großen Halle am Lesetisch wieder. Nach etwas mehr wie einer Stunde intensiver Forschung hob Merle den Kopf aus den Büchern.

„Mir raucht der Schädel!“, jammerte sie und rieb sich die Stirn.

„Mir auch!“, antwortete Resy und gähnte herzhaft. „Hast du irgendwas, Neues in Erfahrung bringen können?“

Merle drehte und schob das Buch, welches vor ihr lag rüber zu Resy und zeigte mit dem Finger darauf.

„Schau mal hier auf dieser Karte, da ist eine alte Eisenbahnlinie eingetragen die, in die Berge und eventuell auch zu dem Tempel führt.“, sagte Merle.

„Was ist das? Eine Eisenbahn?“, fragte Resy.

„Weiß ich auch nicht…“, gab Merle offen zu. „Hier steht nur das sie gegen Ende der Ära der Entdeckungen nicht mehr gebraucht wurde.“

„Ich befürchte fast…“, sprach Resy. „...das diejenigen, die uns vor den Monstern gewarnt haben, vielleicht damit recht gehabt haben.“, sie hob ihr

Buch hoch und drehte es zu Merle.

In ihm waren Bilder von Goblins, Orks und Trollen abgebildet. Man war sich aber nicht ganz sicher ob und welche der Kreaturen auch wirklich dort ihr Unwesen trieben. So beschlossen sie, ihre Nachforschungen an diesem Punkt abzubrechen und wieder zurück zu Karl und Mohn zu gehen.

Es wurde bereits dunkel als die beiden bei dem Nudelmacher ankamen. Karl wartete bereits auf sie.

„Wie ist es bei euch gelaufen? Habt ihr was Neues erfahren?", fragte er.

Merle und Resy erzählten ihm so ziemlich alles, was sie heute gehört und gelesen hatten.

„Schlechte Neuigkeiten Freunde!", sagte Mohn, der gerade aus dem Haus des Nudelmachers kam.

„Was ist denn passiert Mohn?", fragte Resy.

„Er hat mir eben mitgeteilt, dass er uns nicht länger beherbergen kann, morgen früh bei Sonnenaufgang müssen wir raus!", erzählte Mohn niedergeschlagen.

„Das ist doch mit Sicherheit eine Verschwörung oder eine Intrige von Sesam!", schimpfte Resy und wedelte dabei wütend mit den Armen in der Luft herum.

„Sesam ist hier?", fragte Merle. „Wie kann das sein?"

„Ja, frag lieber nicht warum.", sagte Resy und schaute dabei rüber zu Mohn.

Sie diskutierten noch eine Weile darüber, wie es jetzt weiter gehen solle und beschlossen unter dem lautstarken Protest von Mohn, ihm war die Sache nicht ganz geheuer gewesen, am nächsten Morgen die Bahngleise zu suchen und zu dem Tempel zu gehen.

Der Nudelmacher wirkte nicht sehr glücklich als er seine Gäste am nächsten Morgen auf die Straße setzte. Es schien fast so als ob er dazu gezwungen worden war. Den Freunden war es einerlei, sie hatten ein neues Ziel vor Augen, doch so ganz wohl fühlten sie sich nicht dabei.

So begab es sich, dass sie mithilfe einer alten, zerfledderten Karte die Mohn einem befreundeten Händler abgeschwatzt hatte die Gleise fanden, die sie zum Tempel führen sollten, doch etwas war anders an diesem Morgen. Die Einheimischen gingen ihnen regelrecht aus dem Weg und zeigten mit ihren Händen und Fingern alle in dieselbe Richtung.

„Irgendwas stimmt hier ganz und gar nicht!", murmelte Karl.

„Wie kommst du jetzt bloß darauf diese komische Idee?"; antwortete Mohn mit leicht sarkastischem Unterton.

Der Weg, der ihnen von den Leuten gezeigt wurde, führte raus aus der Stadt, durch ein großes gemauertes Tor auf eine weite freie Ebene. Und da waren sie auch schon, die alten vom Rost zerfressenen Bahngleise.

„Und denen müssen wir jetzt also folgen?", fragte Merle noch einmal nach, um ganz sicher zu gehen.

„Ja.", antwortete Mohn. „So ungefähr 10km, wenn ich mich nicht gänzlich verrechnet habe…"

Lange waren sie noch nicht unterwegs, da tippte Karl, Resy auf die Schulter.

„Was ist denn?", fragte sie.

„Hast du Moritz mit hierhergebracht?", wollte Karl von ihr wissen.

„Nein, das hab ich nicht. Warum fragst du mich das?", sagte Resy lächelnd.

„Weil uns da was orange-rotes verfolgt.", sagte Karl und zeigte über seine Schulter nach hinten.

Alle drehten sich um.

„Ist das ein Fuchs?", rief Mohn.

Er kam freudig auf sie zu gerannt.

„Wie kommst du denn hier her?", fragte Resy und schloss den Fuchs in ihre Arme.

„Ich habe mich heimlich davon geschlichen, auf eine Konkubine mehr oder weniger kommt es am Ende auch nicht mehr drauf an, das merkt der Kaiser schon nicht, keine Angst!", flüsterte der Fuchs.

„Kennst du das Tier von irgendwo her?", fragte Mohn.

„Ja, sie hat mir in der Zelle, in der ich saß, oft Gesellschaft geleistet.", sagte Resy überglücklich. „Wisst ihr, dieses Tieres ist... aua!", der Fuchs hatte Resy in die Hand gebissen. „Warum hast du das gemacht? Ach ja, ich vergaß! Entschuldige bitte..."

Der Fuchs löste sich aus Resys Armen und ging rüber zu Karl, sprang auf seine Schulter und kuschelte sich an seine Wange.

„Was soll das jetzt werden? Resy, bist du dir auch wirklich ganz sicher das, das nicht Moritz ist?", fragte Karl noch einmal nach.

„Ja, ich bin mir ganz sicher!", antwortete sie.

Ihr Weg entlang der Gleise führte sie über Stock und Stein, durch eine weite offene Ebene mit saftig grünem Gras, Strohblumen, einem kleinen ruhigen Flusslauf und nur wenigen einzelnen Bäumen, dicht vorbei an einem dunklen, düsteren, unheimlich wirkenden Wald.

Seltsamerweise mieden die wilden Tiere ihren Weg, sie konnten nur die funkelnden roten und gelben Augen aus dem Dickicht des Waldes heraus sehen. Keiner von ihnen wusste ein Antwort auf dieses Verhalten. Der Fuchs auf Karls Schulter grinste nur zufrieden vor sich hin...

Kapitel *II.VIII*

*E*in *D*unkler

Schatten, *e*rwacht *e*rneut

*a*us *s*einem *Schlaf*

*D*ie Gleise endeten abrupt, an einem großen, felsigen Plateau, das an eine hohe Bergkette grenzte, deren Spitzen von Schnee und Eis bedeckt waren. Sie gingen vorsichtig Schritt für Schritt weiter. Vor ihnen tat sich ein kristallklarer, Himmelblauer See auf in dem sich die Sonne und ein paar Wolken spiegelten. Doch von dem Tempel, nach dem sie suchten, war weit und breit noch nichts zu sehen, es waren auch keine Menschen oder irgendwelche Monster in der Nähe. Die Freunde schauten sich gründlich um.

„Da hinten ist er!", rief Resy und zeigte mit der Hand auf die Berge, sie wirkte plötzlich wie in Trance.

Der Tempel war direkt in den Stein gehauen und reichte weit in den Berg hinein.

„Der sieht ja fast so aus, wie die Kirche der Zwerge, findest du nicht?", fragte Karl.

„Ja, das stimmt!", antwortete Merle.

Resy lief auf einmal, ohne Vorwarnung, ohne ein Wort zu sagen, unbeirrt in Richtung des Tempels davon.

„Geh nicht allein! Warte doch auf uns!", rief Mohn ihr nach, doch sie reagiert nicht auf ihn.

Je näher sie dem Eingang des Tempels kamen desto größer und furchteinflößender wirkte das Bauwerk auf sie. Aus seinem Inneren kam ein kühler, modriger Luftzug heraus. Resy betrat den Tempel als erste und verschwand in seiner endlosen Dunkelheit. Die anderen folgten ihr zögerlich, beleuchtete doch nur das Licht der Sonne hinter ihnen, den langen Gang ein wenig. Ein grüner Blitz zuckte für den Bruchteil einer Sekunde in der ferne auf und tauchte alles in ein schauriges, unheimliches Licht. Resy hatte den Hauptraum schon lange erreicht, als ihre Freunde zu ihr stießen.

„Herzlich Willkommen, schön dass du den Weg zu uns gefunden hast!", rief jemand.

Resy erwachte bei diesen Worten aus ihrer Trance, hob den Kopf und schaute sich verwirrt um.

„Delta, du elender Straßenköter! Wo bin ich hier?", fuhr Resy ihn an.

„Da, wo du jetzt, genau zu diesem Zeitpunkt sein sollst!", schallte es aus einer der hinteren Ecken heraus.

Der Dunkle König trat aus dem Schatten heraus und in das grünliche Licht der Fackeln hinein. Er stützte sich auf eine alten krummen Stock, sein weißer geflochtener Bart schleifte auf dem Boden, er wirkte erschöpft und kraftlos.

Resy trat ein paar Schritte zurück, dabei stieß sie versehentlich mit Karl zusammen. Ihm fiel dabei die Dunkle Lampe aus der Tasche. Die milchig trüben Augen des Dunklen Königs weiteten sich und begannen verhängnisvoll zu leuchten. Er streckte die knochige, bleiche Hand nach ihr aus, doch da sprang unerwartet der Fuchs dazwischen.

„Du bist auch hier? Wir haben uns ja lang nicht mehr gesehen!", krächzte der Dunkle König.

Karl bückte sich, hob die Dunkle Lampe auf und steckte sie wieder weg. Er wollte umdrehen und aus dem Tempel hinauslaufen, doch da versperrten ihm Sesam und Delta den Weg nach draußen.

„Mist verdammter!", fluchte er leise.

„Warum Sesam? Warum tust du das alles?", fragte Mohn seine Schwester.

„Das würdest **DU** doch sowieso nie verstehen!", sagte sie kühl.

„Schluss jetzt!", plärrte der Dunkle König zornig. „Her mit der Dunklen Lampe, bitte!"

Der Fuchs fauchte ihn bedrohlich an und zeigte ihm seine spitzen Zähne und Krallen.

Der Blick des Dunklen Königs wechselte von Karl, hinunter zu dem Fuchs.

„Na, du kleines Füchschen? Was hast du denn? Warum bist du so aggressiv zu mir? Hab ich dir irgendwann in den letzten Jahren, irgendetwas böses angetan? Zeig uns doch lieber einmal dein wahres Gesicht, damit wir alle wissen mit wem wir es hier wirklich zu tun haben!", krächzte der Dunkle König und schnippte mit den knochigen, bleichen Fingern seiner rechten Hand.

Der Fuchs wehrte sich mit all seiner Kraft dagegen, doch es nutzte ihm rein gar nichts, er wurde zunehmend größer und verwandelte sich schlussendlich in eine menschlich Gestalt, mit Schweif und Fuchsohren. Resy wurde puterrot im Gesicht vor Wut.

„Alles gut, beruhige dich Resy!", sagte sie. „Es wäre früher oder später ohnehin herausgekommen."

Sie räumte ohne Gegenwehr das Feld und ging zu Karl, der bekam den Mund nicht zu.

„Bist... bist du es wirklich?", stammelte er.

„Nicht jetzt, wir reden später!", sagte sie mit ruhiger Stimme.

„Ich sag es noch ein aller letztes Mal. Her mit der Dunklen Lampe, bitte!", der Dunkle König wirkte ungeduldig und zunehmend zorniger.

„Habt ihr ihn nicht gehort?", rief Delta. „Unser aller König hat ganz lieb **BITTE** gesagt!"

Man sah Karl an, dass er große Angst hatte, er blieb aber standhaft und rückte die Dunkle Lampe nicht heraus.

„Warum müssen sich mir immer alle widersetzen...", seufzte der Dunkle König und schnippt erneut mit den knochigen Fingern der rechten Hand.

Die Dunkle Lampe glitt auf magische Art und Weise aus Karls Tasche heraus und über die Köpfe Gruppe hinweg. Der Dunkle König lachte laut auf, als er sie endlich in seinen bleichen Händen hielt.

Er liebkoste die Lampe mit Küssen und streichelte sie liebevoll, ehe er sie auf seinem spitzen Knie in zwei Teile zerbrach. Omnikron trat langsam und stetig aus den Scherben hervor, ein dunkler Schatten mit zwei rotglühenden Augen, er blickte in Resys Richtung und wollte auf sie zu schweben, da öffnete der Dunkle König die Arme weit und seine Augen leuchteten auf, um sich mit Omnikron zu verbinden.

Die knochige, alte Statur blieb dem Dunklen König, dafür hatte er aber all seine magischen, sowie körperlichen Kräfte zurückerhalten. Er gab Sesam und Delta ein Zeichen. Die beiden kamen zu ihm gelaufen, er hob seinen langen schwarzen Umhang, die beiden schlüpften darunter.

„Wir sehen uns später, meine Liebe!", der Dunkle König zwinkerte Resy vertraut zu, drehte sich mehrere Male schnell im Kreis und die drei verschwanden mit einem lauten Knall in einer dunklen Rauchwolke.

Resy sackte in sich zusammen und begann bitterlich zu weinen...

Kapitel *II.IX*

Ein *Portal?*

Was soll das denn sein?

Der Schock saß allen noch tief in den Knochen. Resy hockte geistesabwesend allein in einer der vielen Ecken des Tempels und lehnte an einer Wand, im Licht der rot leuchtenden, untergehenden Sonne. Mohn und Merle setzten sich zu ihr, um ihr etwas Mut zu machen, während Karl mit Lina sprach.

„Jetzt, wo ich beide Seiten der Geschichte kenne, macht alles irgendwie Sinn.", sagte er nachdenklich.

„Ja, es war eine sehr turbulente Zeit damals.", sagte Lina. „Sei mir deswegen bitte nicht böse und deinem Vater bitte auch nicht!"

Karl blickte rüber zu seinen Freunden, sie sahen alle samt sehr niedergeschlagen aus.

„Komm wir schauen mal nach ihnen.", sagte Karl.

Die beiden standen auf und gingen rüber in die Ecke, in der sie saßen.

„Wie geht es euch?", fragte Lina.

„Soweit ganz gut denke ich, nur Resy ist total am Ende.", sagte Mohn.

„Lasst mich bitte einen kleinen Moment allein mit ihr. Ich denke, ich weiß, was in so einer Situation zu tun ist.", sprach Lina.

Karl, Mohn und Merle ließen sie für diesen Moment allein. Sie schwiegen sich an und keiner schauten einem andren in die Augen.

„Was tun wir jetzt?", fragte Merle schließlich.

Die beiden Jungs wussten auch keine Antwort darauf, da pfiff Lina sie zu sich rüber.

„Resy hat euch etwas Wichtiges zu sagen!", sprach sie.

„Wir müssen ihnen hinterher, egal wie! Wichtig ist nur, so schnell wie möglich!", sagte Resy.

„Ok, so weit so gut. Aber wie, sollen wir sie finden und wie kommen wir ihnen schnell genug hinterher?", fragte Mohn.

Da gab es plötzlich einen lauten Knall, fast so als wäre in der Ferne etwas explodiert. Das Geräusch kam aus der Richtung in der Ming lag.

„Ich fürchte stark, eine eurer Fragen hat sich grade eben von selbst beantwortet. Wo sie gerade sind, wissen wir jetzt schon mal.", sagte Karl.

Sie nahmen die Beine in die Hand und liefen los. Es wurde bereits dunkel. Kurz bevor sie die Ebene vor dem Tempel betreten konnten, sprang Lina vor ihre Füße und hielt sie zurück.

„Keine Chance, heute verlässt keiner von uns mehr diesen Tempel! Wir werden auf morgen früh warten!", rief sie.

„Warum das Lina? Bist du etwa auf deren Seite?", fragte Resy zornig.

Da fing sie sich eine gehörige Ohrfeige ein, die durch den gesamten Tempel schallte.

„Wage es ja nicht noch einmal meine Loyalität in frage zu stellen! Es geht hier um eure Sicherheit! Hört ihr das Geheul da draußen etwa nicht?", fragte Lina, sie war puterrot im Gesicht und zitterte vor Wut.

Alle hörten sie gespannt in die Stille der Nacht.

„Was ist das für ein seltsame Geräusch?", fragte Merle.

„Das sind die wilden Tiere, die ich tagsüber als Fuchs von euch fernhalten konnte.", erklärte Lina. „Doch des Nachts, sind sie selbst für mich, zu wild und ungezügelt, um sie zurückzuhalten."

Auch wenn es Resy nicht sonderlich gut gefiel, so sah sie es am Ende doch noch ein, das es besser war die Nacht im Tempel zu verbringen. So schlugen sie ein kleines notdürftiges Nachtlager auf um am nächsten Morgen ausgeruht und mit klarem Blick und Verstand nach Ming gehen zu können.

Es war lausig kalt in dieser Nacht, daher rückten alle ein wenig näher zusammen um nicht zu frieren, aber waren es wirklich alle? Nein, es waren nicht nicht alle. Karl stahl sich heimlich davon als die anderen tief und fest schliefen, er war nicht müde, ihm ging zu viel durch den Kopf. Doch diesmal kam ihm nicht Resy hinterher, sondern Lina. Sie fand ihn auf den Eingangsstufen des Tempels, er saß dort und starrte in die Dunkelheit der Nacht.

„Was machst du hier, so ganz allein, um diese späte Zeit?", fragte Lina.

„Als wir noch bei dem Nudelmacher gewohnt haben, hatte mich Resy gefragt, ob das dieselben Sterne sind, die wir zuhause auch sehen. Damals hätte ich, ohne zu zögern, ja gesagt. Heute bin ich mir da nicht mehr ganz so sicher...", sagte Karl.

Lina schaute ihn fragend an.

„Du hast Angst, oder?", fragte Lina.

„Ja, ein bisschen schon.", gab Karl zu.

„Was die Sterne angeht, so kann ich dir eins sagen. Es sind andere wie die über Safran und ganz andere wie die über Globoli.", erklärte Lina.

Karl hörte ihr gar nicht richtig zu.

„Bin ich auch ein Fuchs, so wie du?", fragte er.

„Nein das bist du nicht, wobei ich mir nicht ganz sicher bin, ob du nicht vielleicht doch ein paar meiner magischen Fähigkeiten abbekommen hast.", sagte Lina lächelnd.

Sie redeten noch eine ganze, halbe Weile weiter, bis die Sonne langsam wieder aufging.

Ein nebeliger, trüber Schleier lag über dem See und der Ebene vor dem Tempel. Der Wind heulte bedrohlich durch die Berge hinunter ins Tal, als sich die Gruppe in Bewegung setzte. Die Stimmung war, an diesem Morgen etwas gedrückt. Langsam durchschritten sie die Ebene entlang der alten Bahngleise. Es war ungewöhnlich ruhig, fast so, als ob sich die Tiere auch vor etwas fürchten würden.

Sie erreichten Ming nach etwa einer Stunde straffer Wanderung, aus dem Palast stieg eine leichte Rauchsäule in den Himmel empor, es wirkte so, als ob der Knall vom Vorabend etwas damit zu tun gehabt haben könnte.

„Verdammt, das darf um Kyūbis willen jetzt nicht wahr sein!", rief Lina entsetzt. „Oh, Inari du große Reisgöttin stehe uns bei!"

„Was hast du auf einmal?", fragte Resy.

„Den Plan, den ich hatte, können wir wohl erst einmal auf Eis legen!",
sagte Lina enttäuscht und ließ dabei die Fuchsohren hängen.

„Welchen Plan hattest du den wenn ich fragen darf?", fragte Karl.

„Das, was da oben so sehr raucht, war einmal das Magiezimmer der
Kaiserin gewesen.", seufzte Lina.

„Und inwieweit soll das für uns von Interesse gewesen sein?", wollte
Mohn von ihr wissen.

„Wisst ihr das den nicht? Alle Magiergilden der ganzen Welt sind über
magische Portale miteinander verbunden.", sagte Lina.

„Was denn für Portale? Das ist mir neu!", sagte Resy.

„Das war lange nach der Zeit von Omnikron. Sie hatten diese
Verbindung aufgebaut, um bei Notfällen schneller und besser reagieren zu
können!", erklärte Lina.

Ratlos standen sie auf der Straße herum, nur Lina lief rastlos im Kreis.

„Gibt es so ein Portal vielleicht auch auf der Dunklen Insel?", fragte
Resy schließlich.

Lina blieb abrupt stehen. Die anderen blickten erwartungsvoll zu ihr.

„Das kann gut möglich sein... Einen Versuch ist es allemal wert!",
sagte sie.

„Und wie, sollen wir, dahin kommen? Nicht nur das wir keine Papiere
mehr haben, welches Schiff fährt schon freiwillig zur Dunklen Insel?",
sagte Mohn.

Lina begann übers gesamte Gesicht zu grinsen.

„Wollen wir wetten?", sprach sie.

„Lieber nicht…", antwortete Mohn. „Da verliere ich meistens..."

„Kommt mit!", sagte Lina und führte die Gruppe hinunter zum Hafen.

Dort am Schiffsableger stand ein großes schwarzes Holzschild, auf dem mit weißer Kreide die Abfahrtszeiten zur Dunklen Insel geschrieben waren.

„Ich glaub, ich fall vom nicht vorhandenen Glauben ab!", sagte Mohn.

„Es gibt wirklich eine Schiffsverbindung zur Dunklen Insel?"

„Du wirkst etwas schockiert, Mohn.", sagte Lina mit ruhiger Stimme.

„Ja, ich meine, nein, ich meine, warum sollte man freiwillig dort hinfahren wollen?", fragte er.

„Du wärst überrascht, wenn du wüsstest wie viele Leute dahin zum arbeiten fahren!", sprach Lina.

Die Freunde stiegen auf das alte, gammlige Schiff, welches augenblicklich ablegte und Kurs auf die Dunkle Insel setzte. Resy gab ihm wie dem andren auch einen kleinen Schubs, in dem sie wieder ein wenig Wind erzeugte. So dauerte die Überfahrt nur wenige Stunden, während dieser Zeit sprachen die Freunde kein einziges Wort miteinander. Jeder von ihnen machte sich seine eigenen Gedanken, über das was auf sie zukommen könnte.

Erst als das Schiff an der Dunklen Insel anlegte und die Passagiere das Schiff verließen, wagte Mohn es etwas zu sagen.

„Und was tun wir jetzt, als Nächstes?", fragte er.

„Wir müssen zum Schloss, seid aber immer vorsichtig! Die Untote Armee des Dunklen Königs kann immer und überall auftauchen!", warnte sie Lina.

„Woher weißt du das alles?", bohrte Merle nach.

„Das Gefolge des damaligen Dunklen Königs war es gewesen, das mich damals gejagt und an den Kaiser von Ming ausgeliefert hat.", sagte Lina.

„Der damalige Dunkle König?", fragte Resy.

„Ja, auch er hatte irgendwann einmal einen Vater, eine Mutter und eine…", Lina stoppte mitten im Satz. „...gehabt..."

„Was hatte er, aus einem Vater und einer Mutter?", hackte Resy nach.

„Ach, vergiss es einfach, ist nicht so wichtig.", wimmelte Lina sie ab.

„Ich verstehe, durch die Auslieferung hat sich der Dunkle König also das Vertrauen und die Hilfe des Kaisers von Ming erkauft.", murmelte Mohn nachdenklich.

„So kann man das auch sehen.", bestätigte Lina.

„Dann bist du also schon einmal hier gewesen und kennst dich aus?", fragte Karl.

Lina druckste etwas herum.

„Ja, hier war ich schon das ein oder andere mal und nein, auskennen würde ich es nicht wirklich nennen. Da es jetzt schon ein paar Jahrzehnte oder länger her ist, dass ich das letzte Mal hier gewesen bin. Aber das Dunkle Schloss sollten wir trotz alle dem finden können!", sagte sie.

Kapitel *II.X*

Wo im *Dunklen Schloss*

soll das *Portal* denn nun sein?

Die kleine Gruppe gingen los, in dieselbe Richtung, in die auch die Arbeiter gegangen waren. Als das erste Dorf in Sicht kam, wurde ihnen klar, dass hier einiges anders war wie bei ihnen zuhause. Alles war grau, düster, dreckig und trostlos, niemand außer ihnen und den Arbeitern war unterwegs.

Es schien gerade Schichtwechsel zu sein, ihnen kam eine kleine Gruppe entgegen während die andere ihren Weg unbeirrt fortsetzte. Da ging ohne Vorwarnung eine Tür rechts neben ihnen auf.

„Hey, hey ihr da draußen!", rief eine tiefe Frauenstimme.

Alle drehten sich zu ihr um.

„Ihr seid keine Arbeiter, oder etwa doch?", fragte sie.

„Nein!", sagten sie im Chor und schüttelten dabei mit dem Kopf.

„Dann kommt schnell rein zu mir, draußen wird es langsam aber sicher gefährlich für euch!", sagte die Frau.

Die Freunde schauten sich verwundert an und betraten das Haus der Frau. Drinnen prasselte ein gemütliches Feuer im Kamin, darüber hingen ein paar verstaubte Bilder auf denen man nichts mehr erkennen konnte. Das Haus war sehr gemütlich eingerichtet, doch auch hier fehlte ein wenig die Farbe, alles war in braun und grau tönen gehalten. Die Frau vor ihnen trug ein blassrotes Kleid mit einer weißes Schürze darüber, ihre grauen Augen wurden teilweise von ihren braunen Haaren verdeckt.

„Mein Name ist Bärbel. Und wer seid ihr alle?", fragte sie etwas misstrauisch.

Sie stellten sich alle der Reihe nach vor.

„Jetzt wollte ihr sicherlich von mir wissen, warum ich euch ins Haus geholt habe, oder?", fragte Bärbel.

Die Gruppe nickte im Takt.

„Es ist so, wenn es Nacht wird kommen die Untoten heraus auf der Suche nach verirrten Wanderern. Man kann ihnen zwar auch am Tag begegnen, aber während der Nacht ist die Chance viel größer und sie sind dann auch um einiges aggressiver und gefährlicher.", erklärte Bärbel.

„Dürfen wir…", wollte Resy fragen.

„Ja, ihr dürft sehr gerne hier übernachten, ich freue mich über jeden Besucher in diesem Haus.", sagte Bärbel.

Sie bereitete ein großzügiges Abendessen zu, die Freunde betonten mehrmals, das sie dass nicht für sie tun muss, Bärbel bestand aber darauf. Ihr Haus war nicht sehr groß, doch sie fand für jeden eine kleine Nische zum Schlafen.

Es war schon spät in der Nacht, als Resy leise die Treppe hinunter gingen um die Toilette aufzusuchen. Bärbel saß in ihrem Holzschaukelstuhl vor dem Kamin und strickte. Resy ging zu ihr, doch sie reagierte nicht auf sie. Das Muster welches Bärbel strickte kam Resy seltsam vertraut vor, sie wusste jedoch nicht, woher sie es kannte. Nach kurzer Zeit ging Resy wieder zu Bett, sie wollte Bärbel nicht unnötig bei ihrer Arbeit stören. Bärbel jedoch legte die Stricknadeln beiseite und blickte Resy unauffällig nach, bis sie wieder in ihrem Zimmer verschwunden war.

Am nächsten Morgen, gab es ein kleines aber feines Frühstück und nachdem sich Resy dezent verplappert hatte, eine detaillierte Beschreibung wie sie zum Schloss des Dunklen Königs kommen konnten. Der Weg führte Schnur geradeaus durch eine öde und trostlose Landschaft.

„So langsam verstehe ich warum es „Dunkle Insel" heißt. Hier ist ja rein gar nichts bunt oder fröhlich.", sagte Merle.

Nach drei oder vier Ecken, die der Weg dann doch einschlug kam das Schloss des Dunklen Königs endlich zum Vorschein.

„Weiß jemand von euch, wo das Magiezimmer versteckt ist? Im Keller oder in einem der vier Türme?", fragte Resy in die Runde.

Außer Lina fühlte sich niemand angesprochen.

„Nein, aber ich habe da vielleicht eine Idee, die uns helfen könnte, mal schauen ob das klappt.", sagte Lina.

Im Schlosshof herrschte gespenstige Stille. Nur zwei Wachmänner hatten Dienst, als es an der kleinen Holztüre neben dem großen Gitter, das den Zugang zum Schloss versperrte, klopfte.

„Wer ist da?", rief der eine.

Als er das Guckloch aufklappte, erschrak er sich fast zu Tode. Es war Deltas Gesicht in welches er da blickte. Er öffnete panisch die Tür.

„Ich soll diese vier Gefangenen ins Magiezimmer bringen. Wo finde ich das gleich nochmal?", brummte Delta.

„Wisst ihr das nicht mehr?", fragte der andere Wachmann.

„Dummkopf!", sagte Delta und gab dem Wachmann eine Kopfnuss.
„Natürlich weiß ich, wo es ist, ich wollte nur wissen ob ihr beiden Trottel
es auch wisst!", schimpfte er.

„Es befindet sich in der Spitze des dritten Turmes, das ist der hintere
linke.", sagte der erste der beiden Wachmänner.

„Besten Dank! Ihr seid ja doch zu etwas zu gebrauchen!", sagte Delta
und ging mit den Gefangenen ins Dunkle Schloss hinein.

„Seit wann sagt Delta denn eigentlich Danke?", fragte der zweite der
Wachmänner.

Es dauerte nicht lange bis die beiden die Scharade von Lina
durchschaut und Alarm geschlagen hatten und das Schloss vor
Wachmännern nur so wimmelte.

„Toll gemacht Lina und wie kommen wir jetzt weiter?", schimpfte
Resy.

„Was hast du denn? Wir sind drinnen und wissen, wohin wir müssen,
der Rest ergibt sich von ganz selbst, du wirst schon noch sehen!", sagte
Lina mit einem Augenzwinkern.

Das Grüppchen schlich durch Gänge, Säle und manchmal sogar im freien
auf der Balustrade entlang. Immer im Schatten der Kerzen und im Rücken
der Wachmänner.

„Ist es noch sehr weit?", keuchte Mohn.

„Nein, wir sind gleich da! Hoffe ich zumindest…", murmelte Lina leise.

Sie liefen auf eine rostige Eisentüre Tür zu. Da sprang ihnen ein Wachmann vor die Nase, denn Karl ganz elegant gegen die Wand schubste.

„Mist die Tür ist verschlossen!", sagte Resy, als sie an ihr rüttelte.

„Lass mich mal ran.", rief Merle.

Mit einer ihrer vielen Haarspange war die Tür eins, zwei, fix offen. Im Inneren sah man auch schon das Portal, das in die Mauer des Turms eingelassen war, doch Lina zögerte.

„Was hast du auf einmal?", fragte Karl.

„Was ist, wenn das Portal in Safran ebenfalls beschädigt ist und wir irgendwo im nirgendwo landen?", sagte Lina.

„Da können wir uns später auch noch Gedanken drüber machen, schaut mal was da hinten angerannt kommt!", rief Mohn.

Denn Gang entlang kam eine ganze Horde von Wachmännern gelaufen. Sie nahmen all ihren Mut zusammen und durchschritten gemeinsam Hand in Hand das Portal…

Kapitel *II.XI*

Wer *Faucht*

*d*enn *d*a *s*o *l*aut?

*D*er Ort, an dem das Portal die Freunde ausgespuckt hatte, war glühend heiß und staubig.

„Wo sind wir hier nur gelandet?", fragte Resy.

„Wie Safran, sieht das hier aber ganz und gar nicht aus...", sagte Merle.

„Nicht wo, sondern wer, seid ihr, so lautet hier die alles entscheidende Frage!", brummte ein kleiner bärtiger Mann vor ihnen.

Er trug eine braune Latzhose und ein weißes Arbeiterhemd. Sein grauer Bart hing ihm fast bis zu seinen Füßen, durch sein linkes Auge zog sich eine lange, tiefe Narbe, die es unbrauchbar machte und auf seinem Kopf, auf dem er keine Haare mehr hatte, trug er so etwas wie eine Fliegerbrille.

„Wer oder was, bist du denn?", fragte Mohn.

„Alle hier nennen mich einfach nur Chef.", sagte er. „Und ich bin ein…"

„Du bist ein Zwerg! Genau wie Graubart und Brummbär!", unterbrach ihn Merle.

„Kennst du die beiden etwa?", wollte Chef von ihr wissen.

„Ja, sie sind sehr gute Freunde von mir!", sagte Merle und klopfte sich dabei Stolz mit der Faust auf die Brüste.

211

„Wenn das so ist, dann kommt doch bitte mal mit.", sagte Chef und führte sie weiter hinein in sein glühend heißes Reich.

„Warum ist das hier eigentlich so verdammt heiß?", fragte Resy während sie sich mit der Hand Luft zufächelte.

Chef zeigte mit seinen Fingern, die in einem dicken Lederhandschuh steckten, nach vorne, dort tat sich eine große Halle auf, die der im Silbergebirge nicht ganz unähnlich war. Auch hier gab es Draisinen und verschiedene Schmelzöfen sowie einen riesig großen Hochofen. Chef blieb stehen und drehte sich zu ihnen um.

„Hier ist es so warm…", rief er. „…weil diese Mine in und auf einem aktiven Vulkan entstanden ist. Darum nennen wir sie auch, die Vulkaninsel!"

„Und was hat das jetzt alles mit Graubart und Brummbär zu tun?", wolle Merle von dem Zwerg wissen.

„Das meine liebe, ist eine sehr gute Frage, die ich dir sogleich beantworten werde!", sagte Chef und führte sie zu einer kleinen Steinhütte am äußersten Rande der Höhle.

Er ging allein hinein, kramte aus verschiedenen Kisten und Schubladen etwas hervor, kam wieder aus der Hütte heraus und hielt es anschließend Merle unter die Nase.

„Was soll das sein?", fragte Karl.

„Ich bin mir nicht ganz sicher…", murmelte Merle unsicher.

„Ganz einfach! Es ist ein Schuldschein.", sagte Chef. „Über 1000kg Äonenstaub.", er grinste. „Und, da du ja, wie du selbst gesagt hast, eine gute Freundin von Graubart und Brummbär bist, wirst du die Schulden der beiden schön abarbeiten. Deine Freunde dürfen dir natürlich dabei helfen."

Da Karl nicht ohne Merle, Lina nicht ohne Karl, Resy ohne Lina und Mohn nicht alleine gehen wollte, wurden die fünf alle samt in Arbeitskleidung gesteckt und mussten in der Mine arbeiten.

So vergingen ein paar Tage, bis die Höhle eines morgens durch eine Erschütterung so stark zu beben begann, das Risse in den Wänden entstanden und Steinbrocken von der Decke fielen. Karl sah wie einer der Zwerge panisch zu Chef eilte, er konnte aber nicht verstehen was sie redeten.

„Ist das wieder der verfluchte…?", fragte Chef.

„Ja, er ist es und er ist sehr wütend diesmal!", sagte der Zwerg.

„Uns gehen so langsam die alternativen aus, mit denen wir ihn besänftigen können…", murmelte Chef und drehte sich dabei zu Karl und seinen Freunden um.

Karl tat so, als hätte er ihn nicht bemerkt, als er auf sie zu gelaufen kam.

„Ihr wollt doch so schnell wie möglich weg von hier, sehe ich doch richtig, oder?", fragte Chef.

„Ja, genau so ist es!", sagte Resy entschlossen.

„Wenn ihr uns bei einem kleinen, großen Problem helft und es für uns beseitigt, dürft ihr sofort gehen.", sagte Chef.

Das Angebot klang zu verlockend, um es auszuschlagen, also stimmten sie zu, ohne zu wissen, worum es überhaupt ging. Chef bestand darauf, dass die Mädels alleine den Gipfel erklimmen, während die Jungs in der Mine bleiben und weiter für ihn arbeiten.

„Hey Chef!", rief Mohn kurze Zeit später. „Warum müssen wir eigentlich hier unten bleiben?"

„Weil der Drache, der auf dem Gipfel, im Lavasee haust, nur Frauen als Opfer akzeptiert...", sagte er trocken.

Karl und Mohn schauten sich entgeistert an.

„Ihr braucht gar nicht erst daran zu denken ihnen nachzulaufen.", sagte Chef während er sich seine Pfeife anzündete. „Es haben schon ganz andere Kerle versucht ihn zu bezwingen. Ich denke, wenn es jemand schaffen kann, dann sind es eure drei Freundinnen. Drücken wir ihnen die Daumen, dass ihnen nichts schlimmes zustößt!"

Diese Seite von Chef hatten sie noch gar nicht gesehen, er wirkte fast ein wenig besorgt.

Zur selben Zeit, hatten Resy, Merle und Lina die Treppe zur oberen Ebene der Höhle erklommen. Die Hitze hier oben war fast noch unerträglicher als unten direkt vor dem großen Hochofen. Schwitzend suchten die drei den Weg nach draußen. Durch einen Luftzug fanden sie recht zügig ein großes Loch im Gestein.

„Was stinkt hier draußen so entsetzlich?", fragte Merle als sie den Kopf ins freie hielt.

„Das ist Schwefel!", sagte Lina. „Der wird häufig für magische Zwecke verwendet."

„Dreht euch mal um!", rief Resy. „Man kann durch das Loch fast die ganze Höhle sehen!"

Nachdem sie ihren Blick hatten schweifen lassen, suchten sie nach dem Aufstieg zum Gipfel. Der war nicht wirklich schwer zu finden, doch der gefährliche Teil lag erst noch vor ihnen. Der Schwefelgeruch war zwar wie weggeblasen und es war auch nicht mehr ganz so heiß wie in der Höhle, dafür wehte jetzt ein fürchterlich starker Wind. Ein zerklüfteter Pfad führte rauf auf den Gipfel, es wirkte fast so, als wären sie nicht die ersten, die diesen Weg entlang gegangen sind. Es lagen entlang des Weges im wieder vereinzelt ein paar Knochen und Schädelfragmente herum.

Überall zischte und dampfte es. Kurz unterhalb des Gipfels wurde es so nebelig, dass man die eigene Hand vor Augen nicht mehr sehen konnte.

Als der Nebel sich wieder lichtete konnten sie die Spitze des Vulkans sehen. Sie betraten den Kraterrand und schauten in das brodelnde Lavabecken.

„Und was sollen wir jetzt hier oben eigentlich machen?", fragte Resy.

Merle und Lina zuckten mit den Schultern, sie wussten auch keine Antwort auf diese Frage.

Die Mädels konnten nicht sehen, dass sie aus der Lava heraus beobachtet wurden. Unbemerkt durch das Geschnatter der drei, schwamm er langsam auf sie zu.

Plötzlich zuckten Linas Ohren wild umher.

„Was hast du?", fragte Merle.

„Still jetzt!", zischte Lina. „Da ist irgendwas oder irgendwer!"

Die drei schauten sich verzweifelt um. Doch als sie die Gefahr bemerkten, war es fast schon zu spät gewesen. Der Drache sprang aus dem Lavabecken heraus, machte in der Luft eine Rolle und schlug mit seinem kräftigen Schwanz nach ihnen.

„Frühstück!", fauchte er laut.

Rotleuchtend, mit strahlend gelben Augen und Messerscharfen Zähnen schwebte er über ihnen, jederzeit zum Angriff bereit. Er stieß auf sie zu, instinktiv rannten sie davon.

„Hey! Drachen spielen nicht mit ihrem Futter! Bleibt gefälligst stehen!", grummelte er und jagte sie den Vulkankrater entlang.

Plötzlich wechselte Lina die Richtung und rannte auf ihn zu, er öffnete das Maul, um sie zu verspeisen, doch sie glitt elegant unter ihm hindurch.

„Verflixt!", schimpfte der Drache.

Als Merle und Resy auf sie zukamen, schnappte sich Lina, Resy und zerrte sie mit sich.

„Was soll das werden?", fragte Resy.

„Ich muss dir was zeigen! Schau dir die Stirn des Drachen einmal genauer an!", sagte Lina.

Wieder öffnete der Drache das Maul, diesmal flog er jedoch tiefer als zuvor als Lina und Resy auf ihn zukamen, doch diesmal sprangen sie über ihn hinweg. Lina landete auf und Resy hinter ihm.

„Ich bin doch kein Reittier, runter da!", meckerte er und versuchte Lina abzuschütteln.

Lina hatte Not sich an den rutschigen Schuppen des Drachen festzuhalten, sie zog sich langsam an den Stacheln auf seinem Rücken vor bis zu seinem Kopf. Sie packte ihn bei seinen mächtigen Hörnern, er wehrte sich mit all seiner Kraft. Lina hauchte ihm etwas in seine spitzen Ohren, er wurde träge und glitt langsam zu Boden. Merle blieb erschöpft stehen, da sprang Resy über sie hinweg und mit einem kräftigen tritt gegen die Stirn des Drachen. Etwas zerbrach und etwas anderes entwich aus ihm.

„Wie und was?", fragte Merle keuchend.

„Glück und Intuition.", sagte Lina schwer atmend.

Die drei lehnten sich aneinander, sanken zusammen und atmeten erst einmal tief durch. Sie erschraken als der Drache anfing zu zucken. Er hob den Kopf, die Platte, die er auf der Stirn hatte viel zu Boden.

„Danke euch!", zischte er leise.

„Willst du uns noch immer fressen?", fragte Merle vorsichtig.

„Nein, nicht mehr, auch wenn ich großen Hunger habe.", gab er zu. „Ihr habt den Zauber gebrochen der mich so wütend, wild und zügellos gemacht hatte. Sagt, wie kann ich euch helfen, um mich zu revanchieren?", brummte der Drache.

Die drei grinsten sich an, sie hatten scheinbar alle die selbe Idee gehabt.

Karl und Mohn arbeiteten noch immer in der Mine, da kam Merle an ihnen vorbeigelaufen. Sie sprach mit Chef und kam mit ihm zu ihnen.

„Wenn das wirklich wahr ist, was du da sagst, dann dürft ihr gehen.", sagte Chef.

Sie verabschiedeten sich von ihm und erklommen gemeinsam den

Vulkan. Karl und Mohn staunten nicht schlecht als sie vor dem Drachen standen.

„Hat der Kleine auch einen Namen?", fragte Karl eingeschüchtert.

„Das haben wir total vergessen!", rief Resy. „Wie ist eigentlich dein Name?"

„Fauch, werde ich schon mein ganzes Leben genannt!", sagte der Drache.

Kapitel *II.XII*

Vorboten

*a*uf *e*twas, *d*as *g*rößer *z*u *s*eien *s*cheint

*S*ie stiegen auf den Rücken des Drachen, jeder zwischen eine der Stacheln auf seinem Rücken.

„Wo soll die Reise denn hingehen?", fragte Fauch.

„Nach Safran.", sagte Resy. „Weißt du, wo das ist?"

„Ja, das weiß ich! Achtung, gut festhalten, es geht los!", fauchte der Drache.

Fauch der Drache nahm kurz Anlauf und sprang vom Kraterrand des Vulkans ab. Er glitt ganz knapp über dem Boden hinab, bis er die Flügel ganz öffnete und sich leicht, wie eine Feder komplett in die Lüfte erhob. Die Insel der Zwerge ließen sie so rasch hinter sich und die Schönheit des blauen weiten Meeres machte sich unter ihnen breit.

„Ist das schon das Salzmeer?", fragte Karl.

„Ja, das müsste es sein.", sagte Mohn. „Nur welcher Teil es genau ist, kann ich beim besten Willen nicht sagen!"

„Es ist der nördliche Teil.", sprach Lina. „Südöstlich also linker Hand von uns ist Ming und Südwestlich, also rechter Hand ist irgendwo Safran."

Das Festland kam langsam in Sicht und Resy wurde zunehmend

unruhiger. Sie waren schon eine Weile ins Landesinnere geflogen, da stand Resy plötzlich auf.

„Ich steig hier aus!", sagte sie und sprang ohne Vorwarnung, mit einem eleganten Rückwärtssalto vom Rücken des Drachen ab.

Die anderen schauten ihr verwundert nach.

„Was war das denn jetzt?", fragte Merle, als sie sich zu den anderen umdrehte.   Karl, Mohn und Lina zuckten nur mit den Schultern.

Resy landete inmitten von vier großen Sanddünen. Sie schaute sich in aller Ruhe um und fragte sich dabei, ob sie wohl natürlichen Ursprungs waren. Resy schnippte mit den Fingern der rechten Hand und ein kleiner, kräftiger Wirbelwind zog auf, welcher den Sand wegblies und vier Mauern aus Salzkalkstein freilegte. Sie waren mit je einem runden Turm verbunden. Einzig unter ihren Füßen, war noch etwas Sand geblieben. Resy verdrehte genervt die Augen, kniete sich hin und putze die Stelle von Hand frei. Dabei kam eine alte, abgenutzte Holzluke zum Vorschein. Ihr Herz schlug wie verrückte bis hinauf zum Hals, doch sie zögerte.

Resy hockte schon einige Zeit stumm an dieser Stelle, wie lange genau wusste sie selbst nicht mehr, da kam ein alter Mann auf sie zu gelaufen.

„Was tust du hier, so ganz allein?", fragte er.

„Ich glaube, gefunden zu haben wonach ich schon die ganze Zeit gesucht habe...", antwortete Resy knapp.

„Worauf wartest du dann noch?", sagte der alte Mann.

„Ihr habt recht!", sagte Resy, stand auf und öffnete die Luke, ein kühler modriger Luftzug entwich aus ihr.

„Wie ist euer Name?", fragte Resy.

„Mein Name, tut eigentlich nichts zur Sache bei, ich verrate ihn dir dennoch! Er lautet Barbaros.", sagte er. „Sei vorsichtig da unten, wer weiß schon, was dich da unten alles erwartet. Ich bleibe hier, solange bis du wieder da bist!"

Resy nickte ihm zu und sprang hinunter in der Dunkelheit der Luke.

Nach einem kurzen Fall landete Resy auf feuchtem glitschigem Sand. Es war stockdunkel, sie suchte nach einer Möglichkeit sich in dem Gang, oder was es auch immer war wo sie gelandet war, zu orientieren, dabei rutschte sie mit ihren Händen an der Wand entlang und drückte dabei mehr oder weniger aus Versehen einen Ovalen Stein in die Wand hinein. Es entzündeten sich weiße Fackeln, die je weiter man den Gang hinunter schaute, erst gelb und zum Ende hin rot wurden.

Die schwarzen Wände waren kunstvoll verziert, mit Zeichnungen und Hieroglyphen. Eine davon faszinierte Resy so sehr, dass sie stehen blieb, um sie sich näher anzusehen. Darauf war eine Person zu sehen, mit einer schwarzen rechten Hand und einem Buch in der anderen, hinter ihr stand ein großes wildes Tier.

„Ist das der Dunkle König oder vielleicht doch Omnikron?", fragte sich Resy.

Es dauerte eine ganzes Stück, bis sie sich von der Zeichnung lösen konnte, doch die Neugier war zu stark und trieb sie weiter den Gang entlang. Der wirkte fast so, als wäre er endlos lang, die Fackeln hatten ihre Farbe bereits in ein tiefes schwarz gewandelt. Und dann lief sie plötzlich in eine Sackgasse hinein und schlug sich dabei die Nase an.

„*AUA!*", rief Resy so laut, dass es den ganzen Gang entlang schallte. „Das kann doch jetzt nicht wahr sein!", schimpfte sie und stampfte kräftig mit dem linken Fuß auf.

Der Boden unter ihr begann zu Beben und Sand kam aus ihm hervor.

„Was zum…", dachte sich Resy.

Da gab der Boden unter ihren Füßen auch schon nach und sie fiel in die Tiefe.

Dabei landete sie ziemlich unsanft auf ihrem Popo.

„Ach, verdammt das gibt bestimmt einen dicken, schmerzhaften blauen Fleck!", meckerte Resy.

Sie schaute sich um und blickte in einen hell erleuchteten Raum, in dessen Mitte ein schwarzer Lichtkegel stand.

„War ich hier schon mal? Es kommt mir alles so vertraut vor…", flüsterte Resy.

Sie stand auf und ging auf das Licht zu, doch das war einfacher gesagt als getan. Urplötzlich versperrten ihr dutzende Dornenranken den Weg.

Nach kurzer Überlegung beschloss sie über diese hinweg zu klettern. Das gelang ihr auch recht gut, bis auf die paar Male, wo sie abrutschte und sich hier und da die Kleidung zerriss und den ein oder anderen blutigen Kratzer einfing.

Auf der anderen Seite angekommen stand sie nun vor einem großen

Wasserbecken.

„Was ist jetzt hier die Schwierigkeit?", überlegte Resy.

Es stellte sich heraus das, das Wasser eiskalt war. Sie zauberte sich warme Klamotten auf den Leib und ging ins Wasser, um auf die andere Seite zu schwimmen. Resy bedachte jedoch nicht, dass diese dicken Klamotten sich mit Wasser voll saugten und sie schnell unter Wasser zogen.

„War es das jetzt mit mir?", dachte sie als ihr schwarz vor Augen wurde.

Als Resy die Augen wieder öffnete, lag sie ohne jegliche Kleidung, völlig nackt, vor dem Schwarzen Licht.

„Hast du mich gerettet?", murmelte Resy.

Sie stand auf und blickte in den schwarzen Lichtkegel hinein.

„Da ist doch was drinnen! Ich sehe es genau!", sagte Resy.

Vorsichtig schob sie ihre Hand in das schwarze Licht hinein, sie konnte es fast berühren, doch da zuckte es in ihrem gesamten Körper und sie konnte etwas in ihrem Kopf sehen...

Eine junge Frau ging denselben Gang entlang wie sie ihn auch gerade gegangen war, doch sie fiel nicht ins Bodenlose, da war eine lange Wendeltreppe.

Der untere Raum sah auch völlig anders aus, es gab weder die Ranken noch das Eiswasser, einzig der Lichtkegel war zu sehen, doch der war nicht schwarz sondern weiß wie Schnee. Sie schaute sich nervös um, fast

so, als hätte sie Angst von jemandem verfolgt oder beobachtet zu werden?
Sie ging auf den Lichtkegel zu und legte etwas hinein, daraufhin färbte er
sich schwarz und Resy erwachte aus ihrem Traum…

Sie hielt einen Schwarzen Handschuh in ihren Händen und der Raum sah
wieder aus wie der, den sie in ihrem Traum gesehen hatte. Auf ihrem
nackten Bauch leuchtet ein seltsames Kreisrundes Zeichen.

Mit einem Fingerschnippen trug sie wieder ihre Sachen, doch die
Farbe hatte sich verändert, sie war jetzt lila-schwarz gefärbt.

„Wer sie wohl war? Ich konnte ihr Gesicht leider nicht erkennen…",
murmelte Resy vor sich hin, als sie langsam zurück ging.

Barbaros hatte sich während er auf ihre Rückkehr wartete, sein Pfeife
angezündet. Er war sichtlich erleichtert als Resy ihren Kopf aus der Luke
steckte.

„Und?", fragte er neugierig.

Sie schüttelte mit dem Kopf.

„Falscher Alarm, leider.", sagte Resy und ging zum Ausgang der vier
Mauern.

„Du solltest sehr vorsichtig sein!", rief Barbaros ihr nach. „Ein
gewaltiger Sturm zieht auf!"

Resy drehte sich noch einmal zu ihm um.

„Ihr habt wahrscheinlich recht.", sagte sie und verschwand in der
Unendlichkeit der sandigen Wüste…

Kapitel *II.XIII*

Verboten ist,

was *Verboten* ist

Der Drache setzte vor den Toren Safrans zur Landung an, er wollte so wenig aufsehen wie möglich erregen. Er glitt sanft und leicht zu Boden, fast so wie es eine Feder tun würde.

„Hier trennen sich unsere Wege.", sagte Fauch.

„Was wirst du jetzt als nächstes tun?", fragte Lina.

„Die Zwerge brauchen meine Hilfe, schließlich muss jemand ihren Ofen bei Laune halten!", mit diesen Worten, erhob sich der Drache wieder in die Lüfte und glitt geräuschlos davon.

Die Freunde durchschritten das Stadttor von Safran, alles sah aus wie immer.

„Moritz, bist du das?", rief Karl auf einmal.

Es lief ein rot getigerter Fellball auf ihn zu und miaute fröhlich vor sich hin.

Linas Nacken- und Schwanzhaare stellten sich auf.

„Was hast du auf einmal?", fragte Merle.

„Was macht dieses Biest hier?", sagte sie.

„Biest? Das ist mein alter trotteliger Hauskater, er lebt jetzt aber leider bei Resy.", sagte Karl. „Willst du ihn vielleicht mal streicheln?"

„Nein!", schrie Lina. „Geh weg dem Vieh!", zischte Lina und versteckte sich hinter Mohn.

„Da versteh mal einer die Frauen...", sagte Mohn und schüttelte mit dem Kopf.

Ein Sturm zog vor dem Stadttor auf und hüllte alles in einen undurchsichtigen Sandschleier. Im Zentrum sah man einen Schatten näherkommen. Alle gingen sie in Deckung, nur Moritz war mutig genug. Er sprang von Karls Arm herunter und lief auf den Schatten zu.

„Was soll das? Komm zurück!", rief Karl dem Kater nach.

So langsam konnte man erkennen wer da angelaufen kam. Es war Resy. Moritz saß bereits auf ihrer Schulter und ließ sich von ihr am Kopf kraulen, als sie durch das Stadttor kam.

„Hast du gefunden wonach du gesucht hast?", fragte der Kater.

„Einen kleinen Teil, denke ich...", antwortete Resy. „Verstehen die anderen, was du sagst?"

„Nein, ich denke nicht. Wobei, ich mir bei der Füchsin nicht ganz so sicher bin!", schnurrte Moritz.

„Sie ist keine Füchsin, sie ist eine Kitsune!", sprach Resy.

„Macht das einen Unterschied?", fragte Moritz.

Resy wurde vom Rest der Gruppe herzlich empfangen.

„Lina, was hast du?", fragte sie. „Hast du etwa Angst vor mir?"

„Es ist der Kater!", sagte Mohn.

„Frag mich nicht warum!", brummte Moritz von ihrer Schulter herunter.

Unter dem lauten Protest des Katers nahm Karl, ihn Resy wieder ab und setzte ihn zurück auf seine Schulter.

„Du musst höllisch aufpassen!", warnte Lina ihren Sohn. „Das Tier ist ein wahres Monster!"

„Ja, er terrorisiert kleine Mäuse und dicke Spatzen!", sagte Resy lachend.

Lina wusste nicht ob sie lachen oder doch lieber weinen sollte. Ermutigt durch Resy Worte, ging Lina langsam auf Moritz zu. Der schaute sie von Karls Schulter schief mit zusammen gekniffenen Augen an, zeigte seine Zähne und holte mit seiner Pfote aus als sie näher kam. Lina erschrak, beruhigte sich aber gleich wieder, als sie bemerkte, dass er nur die Pfote geschüttelt haben wollte.

„Wehe du lässt mich auffliegen!", flüstere er ihr zu.

Lina wurde ganz blass um die Nase.

Kurz darauf machte sich die Gruppe auf zum Palast des Sultans.

„Was hat Lina vorhin eigentlich mit Monster gemeint?", fragte Resy den Kater.

„Was weiß ich. Keine Ahnung was sie für ein Problem mit mir hat?", murmelte er unverständlich vor sich hin. „Was suchen wir diesmal?"

„Das sag ich dir, wenn wir da sind!", sprach Resy.

Sie nahmen den kürzesten Weg, den Mohn und Merle kannten. Die gesamte Stadt sowie der Palast sahen so aus, als ob der Dunkle König nicht hier gewesen war.

Der Palast war unbewacht, in seinem inneren herrschte jedoch reges

Treiben, fast so als ob jeder einzelne Einwohner Safrans hier wäre.

Es war nicht leicht, den Sultan in dem ganzen Gedränge zu finden. Doch die feinen Nasen von Merle und Moritz konnte man nicht so leicht täuschen. Am Ende war es Moritz der den Sultan zuerst erspähte. Er war überglücklich, sie alle gesund und munter wieder zusehen. Jedoch als er sah, wer da hinter den Freunden stand, vergaß er alles andere um sich herum und schob sie einfach beiseite.

„Lina? Kann das den wahr sein? Bist du es auch wirklich? Du bist zu mir zurückgekommen?", stammelte der Sultan.

„Ja Pecorino, mein alter Freund! Ich bin es wirklich!", sagte Lina lächelnd mit einer Träne im Auge.

„Sie hat ihn beim Vornamen genannt!", sagte Mohn mit zittriger Stimme.

„Steht darauf nicht die Todesstrafe?", murmelte Merle.

Die beiden fielen sich herzlich in die Arme.

„Ich möchte euer Wiedersehen ja nur sehr ungern stören!", sagte Resy. „Aber wir haben da noch etwas wichtiges zu erledigen!"

Der Sultan wurde auf den aktuellen Stand der Dinge gebracht, jeder einzelne erzählte ihm, was er erlebt hatte.

„So ist das also alles gewesen!", sagte der Sultan nachdenklich. „Und, was habt ihr jetzt als nächstes vor?"

„Wir müssen in die Bibliothek!", schoss es aus Resy heraus.

„Wenn dem so ist, dann folgt mir. Unauffällig, wenn´s geht!", sagte der Sultan.

Er führte sie einen langen reich verzierten, mit vielen Pflanzen dekorierten Gang entlang, bis sie vor einer großen mit Gold beschlagenen Tür zum stehen kamen. Der Sultan schnippte mit den Fingern und zwei seiner Diener eilten herbei. Der eine schloss das große schwere Schloss auf und der andere öffnete ihnen die Tür.

„So viele Bücher!", sagte Karl.

„Das ist ja der helle Wahnsinn!", staunte Merle.

Mohn lief als erster hinein, direkt zu den Büchern mit den Handelsrouten. Karl und Merle standen wie angewurzelt da und regten sich nicht vom Fleck.

„Gebt mir Bescheid, wenn ihr fertig seid!", mit diesen Worten ging der Sultan zurück zu seinen Untertanen.

„Dann hau mal raus Resy, was genau suchen wir hier?", fragte Lina.

„Das würde ich auch gerne wissen!", schnurrte Moritz.

„Das Verbotene Buch!", sagte Resy.

Fuchs und Kater wurden kreidebleich.

„Das ist jetzt nicht dein verdammter ernst!", sagten beide im Chor.

„Doch, ist es!", entgegnete Resy mit einem Lächeln auf den Lippen.

„Wie sieht das Teil überhaupt aus?", fragte der Kater.

„Was weiß ich?", sagte Resy. „Verboten eben!"

Moritz sprang Lina auf die Schulter und flüsterte ihr etwas ins Ohr.

„Wir sollten uns aufteilen.", sagte Lina zu Resy.

Bei der Menge an Büchern, würde es ewig dauern das richtige Buch zu finden, daher stimmte Resy dem Vorschlag von Lina zu.

Die Suche dauerte schon viel zu lange, da schallte ein Schrei durch die Bücherregale, das einem das Blut in den Adern gefror. Mohn saß zitternd auf dem Boden als die Freunde zu ihm kamen.

„Was ist passiert, was hast du?", fragte Karl.

„D-d-d das Buch!", stotterte er.

Ein in Leder gebundenes Buch, das von einer Skeletthand verschlossen wurde, lag vor ihm auf dem Boden.

„Ist es das?", fragte Lina vorsichtig.

Resy kniete sich hinunter auf den Boden und hob das Buch auf. Blut tropfte aus den Seiten heraus und Resy roch daran.

„Ziegenleder und Schweineblut.", murmelte sie.

„Bitte was?", fragte Merle, die gerade dazugekommen war.

„Daraus wurde es hergestellt.", erklärte Resy während sie es öffnete. „Warum sind die Seiten alle leer? Was hat das jetzt wieder zu bedeuten?"

Merle kam das sehr bekannt vor, sie ging zu Resy.

„Halte es heute Abend ins Mondlicht, bei der Karte des Sultans hat das damals auch geholfen!", sagte sie zu Resy.

Die Freunde beschlossen an diesem Punkt fürs erste Schluss zu machen, es war ein langer anstrengender Tag für sie alle gewesen.

Als der Mond groß und rund am Himmel stand, ging Resy mit dem Buch unterm Arm nach draußen in den Hof des Palastes. Sie zögerte, öffnete es aber trotzdem. Wieder erschienen Bilder vor ihren Augen.

Eine junge Frau lief durch die Gänge des Palastes, doch der sah irgendwie ganz anders aus. Ihre rechte Hand war schwarz gefärbt und in der anderen hielt sie ein Buch. Sie lief durch eine große hölzerne Tür in eine Bibliothek hinein, die nur halb so groß und beeindruckend war, wie die, die sie heute gesehen hatte. Plötzlich erschrak sie und stellte das Buch wahllos in eines der Regale...

„Hat es funktioniert?", fragte Merle.

Resy schreckte aus ihrer Vision auf.

„Ich habe ihr Gesicht wieder nicht sehen können...", nuschelte Resy.

„Was hast du?", fragte Merle, als sie näherkam.

„Nichts, es nichts. Alles in Ordnung!", flüsterte Resy und schaute auf das Buch. „Dein Ratschlag hat funktioniert. Die Buchstaben sind alle wieder da, wo sie hingehören."

„Und? Was steht da geschrieben?", fragte Merle.

„Eine Art Wegbeschreibung. Hinfort und Zurück. Keine Ahnung was das zu bedeuten hat.", sagte sie.

Merle überredete Resy letzten Endes dazu schlafen zu gehen, sie hatte keine große Lust dazu jetzt zu so später Stunde noch darüber nachzudenken.

Am nächsten Morgen beim Frühstück mit dem Sultan, griffen sie die Ereignisse der letzten Nacht wieder auf. Sie rätselten hin, sie rätselten her. Am Ende war es Karl, dem eine Idee kam.

„Ich habe dich damals aus dem Silbergebirge fortgeholt, vielleicht musst du wieder dahin zurück?", sagte er.

Die Idee wurde diskutiert und man einigte sich darauf, dass es besser ist dieser nachzugehen als gar nichts zu tun.

Nach dem Frühstück lies der Sultan einen der größten, wenn nicht sogar den größten, Raben Safrans zu sich bringen. Er war nur halb so groß wie der Drache es gewesen war, aber es sollten auch auf ihm alle einen Platz finden können.

    „Mohn, was ist mit dir?"; fragte Merle.

    „Ich werde nicht mitkommen.", sagte er. „Ich kann euch ohnehin nicht groß weiterhelfen und würde doch am Ende nur im Weg herum stehen!"

So sehr sie es auch versuchten, Mohn ließ sich nicht überreden. So brachen sie ohne ihn in Richtung des Silbergebirges auf.

Kapitel *II.XIV*

Was *d*a *w*ohl

*Versiegelt i*st?

„*E*rst ein Teppich, danach ein Drache und was jetzt? Ein Rabe!", sagte Karl, als sie auf den Rücken des Raben stiegen. „Worauf fliegen wir wohl, das nächste Mal, einem Besen?"

„Machst du Witze? Wer fliegt denn bitte auf einem Besen durch die Lüfte?", sprach Resy.

„Kann man´s wissen, weiß man´s denn?", antwortete Karl. „Ich dachte zumindest, in einem meiner Bücher gelesen zu haben, das Hexen auf Besen fliegen."

„Du und deine Märchenbücher!", sagte Resy und verdrehte bei diesen Worten ihre Augen.

„Irgendwie schade, dass dieser Mohn nicht mitgekommen ist.", meinte Lina. „Ich mochte ihn irgendwie."

„Ob er wohl Angst hat?", fragte Merle.

„Das glaub ich eher nicht. Obwohl, vielleicht ein kleines bisschen vor seiner Schwester!", scherzte Resy.

Der Rabe erhob sich sanft vom Balkon des Sultans in die Lüfte.

Er glitt seidenweich und ruhig über den heißen Wüstensand, bis er ohne jeglichen Grund stoppte und begann auf der Stelle zu flattern. Der Rabe sank immer tiefer, so als ob er ihnen sagen wollte bis hier her und keinen Flügelschlag weiter.

So stiegen sie ab als er gelandet war und der Rabe flog zurück nach Safran. Ihre Füße brannten unter der Hitze des Sandes. Nicht weit weg vor ihnen lag das Silbergebirge. Mächtig, groß und wunderschön sah es aus diesem Blickwinkel aus.

Da sprang Moritz aus Linas buschigem Schwanz heraus, streckte sich, miaute herzhaft und lief in Richtung des Gebirges davon.

„Warte auf uns, du dicker Fellball!", rief Resy ihm nach.

„Keine Zeit! Los jetzt, schnell, wir haben doch keine Zeit!", maunzte er lautstark.

„Hast du da drin noch andere Sachen versteckt?", fragte Karl.

Lina wurde rot im Gesicht.

„Ich wusste nicht mal das er sich da drin versteckt hatte...", gab Lina leise zu.

„Kommt! Beeilen wir uns, ich kann es kaum erwarten Graubart und Brummbär wieder zusehen!", drängte Merle.

Der Weg war nicht mehr sehr weit. Der Sand aber wurde immer heißer und heißer und dann kaum auch noch ein starker böiger Wind dazu. So war es nicht sehr angenehm, doch sie kämpften sich wacker bis zum Fuß des Gebirges durch. Merle war Feuer und Flamme, sie kannte den Weg sehr gut, hatte sie ihn doch schon zweimal genommen.

Anstrengend war der Pfad nach wie vor und immer noch, aber bei weitem nicht mehr so gefährlich wie zuletzt. Der Wind auf dieser Seite des Gebirges war komplett verstummt und vom Gipfel fielen auch keine Felsen und Steine mehr herunter. Sie kamen gut voran, schafften es jedoch nicht vor Sonnenuntergang bis zur Mine und musste auf halbem Wege ihr Nachtlager aufschlagen. Jeder von ihnen musste abwechselnd für ein paar Stunden Nachtwache halten.

Als der Mond am höchsten stand, war Lina an der Reihe. Da kam Resy auf sie zu. Sie hatte das Buch und den Handschuh dabei.

„Hallo Resy, kannst du nicht schlafen?", fragte Lina, ohne sie anzuschauen.

Resy antwortete ihr nicht, sie hielt ihr nur ihre Fundsachen unter die Nase.

„Wo hast du den Handschuh her?", fragte sie ruhig.

„Gefunden.", sagte Resy knapp. „Kannst du mir etwas dazu sagen oder weißt was das zu bedeuten hat?"

Lina nahm ihr das Buch und den Handschuh ab, um sie sich genauer ansehen zu können.

„Das Buch und der Handschuh gehören zweifelsfrei zueinander.", antwortete sie schließlich.

„Aber, was hat das alles mit mir zu tun?", fragte Resy. „Ich verstehe es einfach nicht."

Lina kam nicht mehr dazu ihr zu antworten, ihre Ohren schreckten auf.

„Still jetzt!", fauchte sie während sie in die Nacht lauschte. „Warte hier, ich bin gleich zurück!"

Lina legte das Buch und den Handschuh neben sich ab und schoss blitzschnell davon. Auch wenn sie in ihrer menschlichen Gestalt war, konnte sie sich bewegen, wie ein Fuchs der seine Beute hinterher jagt.

Kurze Zeit später kam sie zurück.

„Falscher Alarm, da war nichts. Worüber hatten wir noch gleich gesprochen?", wollte Lina wissen und kratze sich dabei verlegen hinterm rechten Fuchsohr.

„Nicht so wichtig, vergiss es einfach. Geh jetzt schlafen, ich übernehme die nächste Nachtwache.", sagte Resy.

Die restliche Nacht verlief ohne weitere Zwischenfälle.

Der nächste Morgen war kalt und klar.

„Habt ihr auch so schlecht geschlafen?", fragte Merle in die Runde.

„Die Alpträume waren echt der Horror!", sagte Karl.

„Bei euch auch?", fragte Resy.

„Dann war es wohl doch einer gewesen...", flüsterte Lina.

„Was war was?", wollte Merle von ihr wissen.

„Ich hatte letzte Nacht etwas gehört, aber nichts und niemanden finden können.", sagte Lina. „Wahrscheinlich war es doch ein Nachtmahr, oder so etwas ähnliches gewesen!"

Keiner von ihnen wusste, was das war, ein Nachtmahr. Für den Moment, interessierte es sie auch noch nicht...

Nach einem letzten kurzen, anstrengenden Fußmarsch erreichten sie die Felsspalte, die zur Mine der Zwerge führte.

„Was ist denn hier los?", fragte Merle.

„Was meinst du?", wollte Resy von ihr wissen.

„Die Fackeln! Sie brennen ja gar nicht!", sagte Merle und lief nervös den Gang hinunter.

„Warte!", rief Lina ihr nach.

Doch es war zu spät, Merle konnte die Warnung nicht mehr hören. Als die Freunde sie eingeholt hatten, saß sie auf dem Boden und hielt den großen zerbrochenen Türklopfer der Eisentüre in ihren Händen, diese stand offen und hing nur noch mit einem Scharnier in der Felswand. Karl wurde ganz anders, auch wenn er nicht so eine enge Freundschaft mit den Zwergen geschlossen hatte wie Merle, wollte auch er nicht zwingend wissen, was hinter der Türe auf sie wartet.

„Was tun wir jetzt?", fragte Resy, um Merle etwas anzustacheln.

„Was wohl?", sagte Merle trotzig und wischte sich eine Träne von der Wange. „Wir gehen rein und schauen nach was da los ist!"

„Das wollte ich hören!", sagte Resy.

So schoben sie alle gemeinsam die schwere Eisentüre beiseite und betraten vorsichtig einer nach dem anderen die Mine.

Es war ungewöhnlich ruhig. Kein Hämmern, kein Klopfen oder Schürfen war zu hören, nicht einmal das Quietschen einer der vielen Draisinen. Sie erreichten die große Halle.

„Was ist hier bloß passiert?", Merle wirkte angespannt als sie das sagte.

„Nichts?", antwortete Karl und fing sich damit ein gehörige Schelle ein. „Entschuldige!", sagte er kleinlaut und rieb sich den Kopf.

Sie stiegen hinab, um sich umzusehen. Niemand war zu sehen nicht mal die Feuerechsen, die für das Feuer der Fackeln verantwortlich waren.

„Es scheint fast so, als hätten sie viel zu tun gehabt, seitdem wir das letzte Mal hier waren.", sagte Karl. „Die Mine ist viel größer geworden."

„Ja, das stimmt schon, aber wo zum Henker sind sie nur alle hin gegangen?", fragte sich Merle.

Die Freunde gingen weiter hinein in die Mine, in Richtung des Speiseraumes, vorbei an unzähligen Stollen, Gängen und Gruben, doch auch hier war keine Zwergenseele zusehen oder zuhören. Als sie bei der Kirche der Zwerge vorbei kamen, blieb Lina plötzlich stehen, ihre Ohren begannen wie wild hin und her zu zucken.

„Was hörst du?", flüsterte ihr Resy zu.

„Das flüstern des Wassers.", murmelte Lina.

„Bitte was?", antwortete Resy.

„Kleiner Spaß, das ist ein Buch, das ich gerade lese. Die Geräusche kommen von da oben!", Lina zeigte hinauf zur Kirche.

„Lasst uns rauf gehen und nachsehen!", drängte Merle. „Ich muss wissen, was hier los ist!"

Die Stufen hinauf zur Kirche waren in keinem guten Zustand mehr, ausgebrochen und wackelig waren sie. Durch die Fenster der Kirche sah man Fackeln im inneren brennen und man hörte wildes Gerede. Merle holte tief Luft und stieß die Türe auf. Die Zwerge drehten sich erschrocken zur Tür um und verstummten augenblicklich. Nur einer erhob sich.

„Brummbär?", rief Merle.

„Merle? Bist du das wirklich?", fragte der Zwerg, doch da viel sie ihm schon um den Hals.

„Wo ist Graubart?", fragte Karl. „Ich kann ihn nirgendwo entdecken."

Brummbär schwieg und senkte den Kopf.

„Was ist?", fragte Merle. „Wo ist er?"

Brummbär lief eine Träne über die Wange. Er nahm Merle und Karl bei der Hand.

„Ich bring euch zu ihm!", sagt Brummbär leise.

An der Türe sah er Lina und Resy stehen.

„Und wer seid ihr zwei beiden?", fragte der Zwerg brummig.

„Ich bin Lina, die Mutter von Karl.", sagte Lina.

„Und mein Name ist Resy, ich bin eine gute Freundin von Karl und Merle.", ergänzte Resy.

Brummbär schaute kurz zu Merle und beschloss sie alle mitzunehmen.

„Wohin gehen wir?", wollte Karl wissen.

„Zum Friedhof...", sagte der Zwerg knapp.

Man konnte die Trauer und Wut in Merles Gesicht deutlich sehen als sie vor Graubarts Grab stand.

„Wo, wie und wer?", fragte sie trotzig.

„Er hat wie viele andere meiner Kameraden, die Siegelkammer verteidigt, unseren größten Schatz.", erklärte Brummbär.

„Siegelkammer?", fragte Resy neugierig.

„Die habt ihr uns letztes Mal, als wir hier waren gar nicht gezeigt.", sagte Karl.

„Mein Freund, ihr habt so vieles noch nicht gesehen. Ihr kennt bis jetzt nur einen kleinen Bruchteil unserer Mine und das, ist auch gut so!", sagte Brummbär.

„Zeig sie uns!", sprach Merle.

Alle drehten sich zu ihr um. Sie stand auf und wischte sich die Tränen aus dem Gesicht.

„Ich will sehen, wo es passiert ist!", sagte Merle.

Brummbär nickte ihr zu und führte sie quer durch die große Halle, vorbei an den Gärten über den Fluss, bis hin zu einem großen Wasserfall.

Von einem kleinen Felsvorsprung aus, sahen sie wie er laut prasselnd nach unten in einen See fiel, der zu dem Fluss wurde, beeindruckend sah er aus, glasklar und Saphirblau.

„Dahinter ist sie?", fragte Merle, als sie hinunter in den See schaute, um die Höhe einzuschätzen.

„Ja, ihr müsst außen herum gehen und könnt dann hinter dem Wasserfall das Siegel sehen.", sagte Brummbär.

Merle wollte gerade loslaufen, da schob sich Resy an ihr vorbei, das Verbotene Buch hielt sie in der rechten Hand, welches wild pulsierte.

„Woher zum Donner hast du das?", fragte der Zwerg erschrocken.

Resy hielt das Buch aufgeschlagen vor dem Wasserfall in die Höhe, den Handschuh trug sie ebenfalls über der rechten Hand. Das Buch begann zu leuchten. Der Wasserfall teilte sich in der Mitte und gab das Siegel frei. Durch einen Lichtstrahl aus dem Buch löste sich das Siegel in Luft auf. Lina und der Zwerg schauten sich verblüfft an. Resy sprang in die Höhle, die sich aufgetan hatte, hinein. Merle nahm all ihren Mut zusammen und wollte es ihr gleichtun, doch Brummbär hielt sie zurück.

„Das...", sagte er mit ruhiger Stimme. „...muss sie wohl oder übel alleine meistern!"

In der Höhle konnte man den Wasserfall nicht mehr hören, es war stockfinster, nur eine kleines lilafarbenes Licht drang aus ihrer Mitte hervor. Das Buch schwebte neben Resy als sie auf das Licht zuging. Sie schlich mit Bedacht und Vorsicht um das Licht herum , das Buch ihr immer gegenüber.

„Was willst du mir sagen, Buch?", fragte Resy.

„Nimm ihn, er gehört dir!", gab es ihr als Antwort.

Resy war sich nicht ganz sicher, ob sie dem Buch vertrauen konnte. Doch irgendetwas tief in ihr drin, sagte ihr das es recht hat. Also griff sie zu!

„Keine Vision, dieses Mal?", fragte sich Resy.

Das Buch lag ihr gegenüber auf dem Boden. Resy hob es auf und verstaute es in einer ihrer Taschen. Auf dem Weg zum Ausgang der Höhle, betrachtete sie das, was sie in der Hand hielt, es war ein kleiner lilafarbener Kristall.

Draußen warteten ihr Freunde auf sie.

„Sag mal Brummbär.", fragte Karl. „Wer hat eigentlich versucht, das Siegel zu brechen und ins Innere der Kammer einzudringen?"

„Eine Dunkle Gestalt mit seinen zwei Handlangern.", antwortete der Zwerg.

„Der Dunkle König!", sagte Lina und Karl zeitgleich.

„Da kommt sie!", rief Merle.

Resy umschloss den Kristall mit ihrer rechten Hand sodass keiner sehen konnte, was sie gefunden hatte. Sie sprang aus der Höhle heraus, hinter ihr schloss sich der Wasserfall wieder. Resy ging auf ihren Freunde zu, dabei klappte sie zusammen. Alle liefen besorgt auf sie zu, doch es war Brummbär, der die Ruhe behielt und sie auf den Arm nahm.

„Wir bringen sie zur Kirche, dort wird man sich um sie kümmern!", sagte der Zwerg.

Der Weg zurück war kürzer als gedacht. Brummbär ging allein mit ihr in die Kirche hinein. Während die anderen draußen warteten sprachen sie kein Wort miteinander. Kurze Zeit später kam Brummbär wieder heraus, allein.

„Wie geht es ihr?", fragte Lina.

„Mal davon abgesehen, das sie die rechte Hand nicht aufmachen will, geht es ihr gut. Sie braucht jetzt Ruhe, genau wie ihr auch! Kommt, ich zeige euch, wo ihr ein wenig schlafen könnt.", sagt Brummbär.

„Was ist hier eigentlich passiert?", wollte Merle wissen.

„Nachdem, diese Dunkle Gestalt hier eingefallen ist und alles verwüstet hat, haben die meisten von uns noch zu viel Angst um wieder raus zu kommen.", mehr wollte Brummbär dazu nicht sagen.

Er zeigte ihnen ihr Nachtlager und verließ sie danach wieder. Er ging zurück zur Kirche.

Als die Glocken läuteten, wachten sie auf und gingen sogleich los, um nach Resy zu schauen. Die kam gerade mit Brummbär die Treppen der Kirche herunter als sie ankamen.

„Sag ihnen bitte nichts von alldem was ich dir gerade erzählt habe!", flüsterte Resy dem Zwerg zu.

„Meine Lippen sind versiegelt!", schwor Brummbär.

Sie waren erleichtert, Resy gesund und munter wieder zu sehen.

„Was habt ihr jetzt als nächstes vor?", fragte Brummbär.

„Wir müssen so schnell wie möglich weiter!", sagte Resy.

„Ok, das kann ich gut verstehen.", sagte der Zwerg. „Aber ohne was gegessen zu haben, kommt ihr mir hier nicht weg!"

Nachdem sie sich gestärkt hatten, setzten sie ihren Weg fort.

Kapitel *II.XV*

In der

Nacht

treibt so mancher seinen Schabernack

Es war eine stockdunkle klare Nacht, als sie die Mine verließen, nur ein paar vereinzelte Sterne und eine dicker, fast kugelrunder Mond waren am Himmel zu sehen und funkelten um die Wette. Die Freunde gingen langsam und leise den Berg hinunter.

„Warum machen wir eigentlich so vorsichtig?", wollte Karl flüsternd wissen.

„Wenn das, was uns auf der anderen Seite die Alpträume beschert hat, wirklich ein Nachtmahr oder etwas ähnliches gewesen war, kann er uns ganz leicht bis hier her gefolgt sein.", sagte Lina leise.

Unbemerkt von ihnen schlich ein kleines Schwarzes Wesen mit leuchtend gelben Augen hinter ihnen her, das sich gehässig ins Fäustchen lachte.

Sie waren schon eine Weile unterwegs. Plötzlich schreckten einer nach dem anderen auf, es knackten unweit hinter ihnen Äste.

„Habt ihr das gerade eben auch gehört?", fragte Merle ängstlich.

„Ja, könnte das der Nachtmahr gewesen sein?", ergänzte Resy.

„Nein, mit Sicherheit nicht!", sagte Lina. „Die sind sehr leise und darauf bedacht nicht entdeckt zu werden!"

Das Knacken der Äste kam immer näher und wurde zunehmend lauter, mittlerweile klang es schon fast so, als ob Bäume umstürzen würden.

„Wir sollten uns vielleicht verstecken!", sagte Karl.

„Damit das, was auch immer es ist, das uns verfolgt, uns zertrampeln und oder einen Baum auf uns schubsen kann? Bist du in so kurzer Zeit, eigentlich verrückt oder irre geworden?", zischte Lina ihren Sohn an.

Sie gingen weiter, schneller und immer schneller wurden ihre Schritte, doch die Geräusch kam noch immer näher und näher. Da drehte sich Resy um, erschrak und rannte an allen anderen vorbei.

„Ein riesiges Monster!", rief sie.

Nun drehte sich Karl auch um und stutzt.

„Was? Ein Bergtroll?", wunderte er sich. „Die gibt es hier doch gar nicht!", rief er.

Der Troll wollte gerade nach ihm greifen, da löste er sich auch schon in Rauch auf und die Verwüstungen, die er angerichtet hatte ebenfalls.

„Ist er wieder weg?", jammerte Resy, die hinter einem Baum hervor lugte.

„Er war nie da gewesen!", sagte Lina.

„Waah!!!", schrie Merle plötzlich.

Alle Blicke richteten sich auf sie.

„Was hast du?", fragte Resy, die hinter ihrem Baum hervorgekommen war.

Merle schlotterte am ganzen Körper.

„Kalt, mir ist so bitterlich kalt. Meine Füße, sie sind am Boden festgefroren, ich kann sie nicht mehr bewegen!", sagte Merle Zähne klappernd.

Karl kratze sich am Kopf, er wusste nicht so recht, wie er es ihr hätte sagen sollen. Da übernahm Resy kurzerhand die Initiative und klatschte Merle eine mitten ins Gesicht. Worauf hin sie aufhörte zu zittern.

„Was, ist hier bloß los?", fragte Resy.

„Das, meine Lieben!", sagte Lina entschlossen. „Ist die Kraft von einem Nachtmahr!"

„Und was heißt das jetzt genau für uns?", wollte Karl von seiner Mutter wissen.

„Wir dürfen um keinen Preis der Welt einschlafen.", sprach Lina mit Nachdruck.

„Und was ist, wenn wir bereits eingeschlafen sind?", fragte Merle.

Bevor jemand darauf antworten konnte, hörten sie ein lautes brüllen. Die Freunde schauten nach oben. Ein Drache zog seine Kreise über ihnen.

„Ist das Fauch?", fragte Resy. „Wie kommt der, so plötzlich hier her?"

„Nein, das ist er nicht! Fauch hatte ein anderes Schuppenkleid und war rot. Dieser da oben ist schwarz!", sagte Lina.

Der Drache setzte zum Sturzflug an. Die Freunde sprangen auseinander. Er zischte knapp über dem Boden an ihnen vorbei, die Bäume, die er streifte knickten um wie Streichhölzer. Der Drache zog wieder nach oben und drehte sich mit einer eleganten Rolle in der Luft.

„Er kommt zurück!", rief Merle.

„Wenn das auch nur ein Traum sein sollte, dann müsste er doch…", murmelte Karl.

Er trat mutig aus seinem Versteck heraus.

„Was machst du da? Komm sofort zurück!", rief Lina.

Der Drache kam angerauscht. Karl erhob die rechte Hand, ballte sie zu einer Faust und schlug sie dem Drachen mitten ins Gesicht. Daraufhin ging er zu Boden und löste sich ebenfalls in Rauch auf. Ein seltsames, kreischendes, markerschütterndes Lachen hallte durch den Wald.

Warum auch immer, verwandelte sich Lina in einen Fuchs und stürmte davon. Es begann zu Donnern, Blitzen und schlussendlich auch zu regnen. Die Freunde suchten Schutz unter einem großen Kastanienbaum.

„Verdammt, ich werde auf einmal so müde.", sagte Karl.

„Jetzt bloß nicht einschlafen!", drängte Resy und rieb sich die Augen.

Merle gähnte herzhaft und da war alles zu spät gewesen, sie schliefen ein. Lina kam zurück, sie war klatschnass und hielt ein kleines zappelndes schwarzes Wesen im Maul.

„Lass mich sofort wieder los!", schimpfte es.

„Träum weiter!", knurrte Lina, ohne ihn loszulassen und legte sich zu den anderen.

Sie schliefen gut, lange und ruhig. Die Sonne streichelte über Karls Gesicht als er wach wurde. Er wankte noch etwas, als er aufstand und sich umsah.

„Wie sind wir hierhergekommen?", fragte Resy, die gerade wach geworden war und auf Karl zuging.

„Sind wir hier dem Nachtmahr in die Falle gegangen?", murmelte er.

„Wollen wir die anderen schon Wecken?", fragte Resy.

„Nein, lass sie sich wenigstens einmal so richtig ausschlafen.", sprach Karl.

*D*er *n*ächste *H*alt *i*st

Globoli

*D*er Morgen war klar und sonnig. Das Leben erwachte gerade in Globoli, als Heinz gemütlich über den Markt schlenderte und die Händler begrüßte. Er war auf der Suche nach Willie, doch der war nirgendwo zu finden. So beschloss Heinz zuallererst einmal bei den Bäckern Süß und Salzig vorbei zuschauen um sich etwas zum Naschen zu besorgen, einen großen Krapfen oder etwas ähnliches. Mit Zucker verschmiertem Mund und klebrigen Fingern ging er schließlich zur Taverne.

„Hat er die etwa schon wieder umbenannt?", murmelte Heinz, als er sich die Finger ableckte und das sein Papierknäuel in den Mülleimer warf.

Da kam der, den er gesucht hatte von hinten auf ihn zu und blieb direkt neben ihm stehen.

„Der Wüstenwurm? Echt jetzt?", fragte Heinz. „Wie kommst du nur immer auf diese, ich will es mal freundlich ausdrücken, ungewöhnlichen Namen?"

„Frag lieber nicht, alter Freund!", antwortete Willie.

„Hast du zuletzt etwas von Karl gehört?", wollte Heinz von ihm wissen.

„Mohn der Gewürzhändler, hatte vor kurzem einen Brief geschickt, in dem er geschrieben hat, das sie vor ein paar Tagen in Safran aufgebrochen sind.", sagte Willie ganz locker.

Heinz packte Willie am Kragen und schüttelte ihn dabei kräftig hin und her.

„Und das sagst du mir erst jetzt?", fuhr Heinz ihn garstig an.

„Beruhige dich! Der Rabe kam erst gestern Abend an!", versuchte Willie ihn zu beruhigen. „Lass uns reingehen, du brauchst ganz dringend einen großen Pott schwarzen Kaffee!"

Die beiden betraten die Taverne, es roch ungewöhnlich stark nach exotischen Gewürzen, Tee und Kaffee.

„Setzt dich schon mal, ich bin gleich wieder bei dir.", sagte Willie und verschwand hinter dem Tresen.

Da wurde die Tür zur Taverne aufgestoßen.

„Karl, bist du das?", rief Heinz und sprang auf.

Willie schreckte hoch und stieß sich den Kopf am Tresen.

„Verdammt!", fluchte Willie.

Es war der Bäcker Süß der eilig herein gestürmt kam.

„Willie, Willie!", rief er ganz aufgeregt. „Kannst du uns mit einem Pfund Safran aushelfen?"

„Wie bitte was? Gleich ein ganzes Pfund?", rief Willie. „Das wird aber nicht gerade billig werden!"

„Vollkommen egal! Hast du welchen?", fragte der Bäcker Süß.

Willie zeigte auf eine der vielen Kisten die Kreuz und Quer in der Taverne herumstanden. Der Bäcker nahm sich, was er brauchte und verschwand auch gleich wieder. Willie ging mit dem Kaffee in der Hand rüber zu Heinz und setzte sich neben ihn.

Die Kirchenuhr hatte bereits Mittag geschlagen und Heinz hatte schon einige Pötte Kaffee in sich hineingestürzt. Da hörte er Schritte und wildes Gemurmel vor der Tür der Taverne.

„Diese Stimmen...", flüsterte Heinz.

„Was hast du, alter Freund?", fragte Willie.

„Das ist er! Diese Stimme würde ich überall erkennen!", Heinz stand auf und lief zur Tür.

„Jetzt warte doch erst mal!", rief ihm Willie hinterher.

Heinz lief zur Tür, er wollte sie gerade öffnen, doch da schlug sie ihm mit voller Wucht mitten ins Gesicht und er ging mit einem lauten **RUMMS** zu Boden.

„Was war das?", fragte Karl als er die Taverne betrat. „Vater, was machst du denn da unten auf dem Boden? Warte ich helfe dir hoch!"

Hinter Karl kamen auch Resy, Merle und Lina in die Taverne spaziert. Merle lief zu Willie, sie umarmten sich herzlich. Resy half Karl, Heinz wieder auf die Beine zu bringen. Als dieser wieder stand und Lina erblickte, wurden seine Beine wieder weich, er schwankte und traute seinen Augen nicht.

„Das kann doch jetzt nicht wahr sein!", sagte Heinz. „Karl, wo habt ihr sie gefunden?"

„Um ehrlich zu sein.", sagte Resy. „Hat sie uns gefunden!"

Er ging zu ihr und nahm sie ganz fest in den Arm.

„Ich dachte, ich würde dich niemals wieder sehen!", Heinz lief eine dicke Träne über die Wange als er das sagte.

Während Heinz und Lina über die vergangenen Jahre sprachen, setzten sich Karl, Willie, Resy und Merle an einen der großen runden Eichentische.

„Was ist hier eigentlich los?", fragte Karl.

„Was genau meinst du?", wollte Willie wissen.

„Die Mine der Zwerge wurde angegriffen!", sagte Merle.

„Und ein Nachtmahr hat versucht uns umzubringen!", fügte Resy hinzu.

„Kann das, der Dunkle König gewesen sein?", fragte Karl.

Willie runzelte die Stirn, kratze sich den Kopf und holte tief Luft.

„Ich hatte gehofft diesen Namen nie wieder hören zu müssen...", murmelte er.

„Dann kennst du ihn?", fragte Merle.

„Er war der Grund, warum wir damals nach Safran gegangen sind.", erzählte Willie. „Er ist also zurück und wieder zu Kräften gekommen..."

„Kannst du uns etwas über ihn erzählen?", fragte Resy.

„Selbst wenn ich es könnte.", setzte Willie an. „Könnte ich euch nicht garantieren. das es noch der Wahrheit entspricht, immerhin ist es viele Jahre her."

„Es geht also gegen den Dunklen König?", Heinz hatte sich unbemerkt mit Lina zu ihnen an den Tisch gesetzte.

„Vater hast du etwa gelauscht?", fragte Karl.

„Nein, deine Mutter hat mir schon alles erzählt. Aber davon mal abgesehen, habt ihr so laut gesprochen, dass es ein Wunder gewesen wäre, euch nicht zu hören.", sagte Heinz mit einem Lächeln im Gesicht.

„Hat vielleicht jemand eine Idee, wohin er als nächstes gehen könnte?", fragte Resy.

Keiner von ihnen wusste eine Antwort darauf.

„Wo war er denn schon überall?", wollte Willie von ihnen wissen.

„In dem alten Tempel nahe Ming, hat er sich Omnikron geschnappt und danach vermutlich das Magiezimmer der Kaiserin verwüstet und zerstört.", sagte Karl.

„Danach, war er wahrscheinlich auf der Dunklen Insel und in Safran.", ergänzte Lina.

„Und danach, hat er dann die Zwerge angegriffen!", rief Merle.

„Wer weiß, wo er sonst noch überall war, und Unheil gestiftet hat.", meinte Resy.

„Dann kann er doch fast nur…", flüsterte Heinz. „… zu Moorla wollen."

„Bist du dir da auch sicher, Vater?", fragte Karl.

„Nein, das bin ich nicht wirklich.", sprach Heinz.

„Alle Orte, die ihr gerade aufgezählt habt, haben eine große magische Kraft und waren in der Geschichte von wichtiger Bedeutung.", sagte Willie.

„Dann nichts wie los! Worauf warten wir noch?", drängte Resy.

„Halt, immer mit der Ruhe!", Willie klopfte mit der flachen Hand auf den Tisch, als er das sagte. „Die alte Moorla hat letztens ihren Bannkreis verstärkt und kann nur noch bei Vollmond gefunden werden!", fuhr er fort.

„Wann ist denn der nächste?", fragte Merle.

„Heute, wenn ich mich nicht alles täuscht.", sagte Lina.

„Das heißt, wir können losgehen sobald die Sonne untergegangen ist!", Resy wirkte entschlossen und etwas nervös als sie das sagte.

So beschlossen sie sich kurz vor Sonnenuntergang am Schweinehof von Heinz zu treffen.

Die Sonne leuchtete Feuerrot als sie den Horizont küsste und ein leichter Wind wehte aus Richtung des Silbergebirges zu ihnen herüber. Alle waren sie rechtzeitig am vereinbarten Treffpunkt eingetroffen.

„Dann wollen wir mal!", rief Karl.

„Wir beiden werden nicht mitkommen.", betonte Willie.

„Seid bitte vorsichtig!", sagte Heinz zu Lina und Karl als er sie umarmte. „Ihr seid die zwei wichtigsten Menschen in meinem Leben!"

Der Weg zu dem Wald in dem das Moor lag war nicht weit, doch heute fühlte er sich so an...

Kapitel *II.XVII*

Dunkel, war der Wald
und das, was die Freunde
in ihm erwartete noch um einiges mehr...

Ihr Weg führte sie über Stock und Stein, entlang des alten Bachlaufes, vorbei an der Katzenminze und etlichen abgeernteten Weizen- und Maisfeldern, bis hin zu der alten Mühle. Lina blieb vor ihr stehen.

„Komm schon, worauf wartest du? Wir müssen weiter, die Zeit drängt!", meckerte Resy.

„Warte mal kurz, ich brauch wirklich nicht lange!", beruhigte sie Lina.

Sie ging einmal um die Mühle herum, pustet zweimal kräftig und die Flügel begannen sich laut ächzend im Kreis zu drehen.

„Das bringt Glück!", sagte sie mit einem Augenzwinkern zu Resy.

Es wurde bereits dunkel und die ersten Sterne waren am Nachthimmel zu sehen als sie den Wald erreichten.

„Der Wald wirkt heute Nacht irgendwie unheimlicher und bedrohlicher als normalerweise...", flüsterte Merle so laut das es auch wirklich jeder hören konnte.

„Da gebe ich dir recht...", auch Karl war nicht so wohl in seiner Haut bei dem Gedanken, den Wald bei Nacht betreten zu müssen.

Auf Resys Drängen hin nahmen sie jedoch alle ihren Mut zusammen und gingen gemeinsam hinein. Lina war die letzte, sie schaute sich als einzige noch einmal um und sah den Mond aufgehen, er war Blutrot.

Die Tiere, Waldgeister und rastlosen Seelen, die hier lebten, waren ungewöhnlich ruhig in dieser Nacht. Hin und wieder sah man ein Augenpaar rot aufleuchten oder hörte das Heulen der Geister und Wölfe.

„Verfolgen uns ihre Blicke?", fragte Merle ängstlich.

„Nicht hinsehen!", warnte sie Lina.

Der Wind sang ein seltsames, klagendes Lied und Resy blieb auf einmal ohne Grund stehen.

„Was hast du?", Lina wirkte besorgt.

„Er ist hier!", antwortete Resy.

Merle ging zu Resy, klopfte ihr auf die Schulter und sagte:

„Dann wollen wir ihm mal zeigen, was wir alles so drauf haben!"

Resy nickte ihr zu und sie setzten ihren Weg fort.

Selbst der Bach, der durch den Wald floss hatte in dieser Nacht eine rötlich Farbe angenommen. Sie erreichten das Steintor, welches denn Eingang zum Bannkreis darstellte, doch es war zerstört worden, was den Bannkreis inaktiv werden ließ. So konnte man genau sehen was dahinter geschah.

„Da ist Delta!", rief Resy und zeigte mit dem Finger auf ihn.

„Und Sesam!", brüllte Merle.

Die beiden hörten ihre Namen und drehten sich langsam zu der Gruppe um.

„Schau mal einer an, wer sich endlich dazu entschlossen hat, zu uns zu stoßen!", meckerte Delta.

Sesam begann fies zu grinsen und pfiff zweimal laut durch ihre Finger. Es regte sich etwas in der Hütte von Moorla. Der Dunkle König kam aus ihr heraus. Er leckte sich die bleichen Finger ab und fuhr sich mit seiner schwarzen Zunge über die grauen Lippen, wie eine Raubkatze, die gerade ihre Beute verspeist hatte, als er in das spärlich Licht der Nacht trat. Sein Körper hatte sich verändert, er war nicht mehr der gebrechliche alte Mann, den sie kannten, sondern zu einem kräftigen Krieger geworden.

„Was hast du Moorla angetan?", rief Karl.

„Das wüsstest du wohl gerne?", die Augen des Dunklen Königs begannen rot zu leuchten als er das sagte.

Sein Blick wanderte über die Gruppe und blieb bei Resy und Lina hängen.

„Delta, leih mir kurz deine Kraft!", sagte der Dunkle König.

„Wie bitte, was soll ich?", stammelte Delta. „Aber mein König, das geht nicht, ihr wisst was dann mit mir passieren wird!"

Der Dunkle König lachte verächtlich und schnippte mit den Fingern seiner rechten Hand, daraufhin entfloh Delta sämtliche magische Kraft. Er alterte in Sekundenschnelle bis er schließlich nur noch ein Skelett war, das um umfiel und zu Staub zerfiel. Sesam bekam es bei diesem Anblick mit der Angst zu tun und flüchtete schnurstracks hinter Moorlas Hütte um Schutz zu suchen.

Der Dunkle König begann laut zu lachen.

„Was wollt ihr Wichte, mir schon entgegensetzen? Vertrauen? Freundschaft oder gar Liebe?", er schnaubte verächtlich. „Das ich nicht lache. Delta hatte mir vertraut, sein ganzes Leben lang und ihr seht selbst was am Ende aus ihm geworden ist!", sagte der Dunkle König mit ruhiger Stimme.

Das war Karl zu viel, er stürmte auf ihn zu.

„Nein! Tu das nicht!", rief Resy ihm nach.

„Ausgerechnet du? Deine Fuchsmutter hat dir zu wenig ihrer magischen Kräfte vererbt, du bist absolut uninteressant für mich!", sagte der Dunkle König herablassend und wischt mit seiner Hand durch die Luft.

Karl wurde hart gegen das Steintor des Bannkreises geschleudert. Merle lief zu ihm.

„So, jetzt sind nur noch wir zwei hübschen übrig.", sagte der Dunkle König mit einem hämischen Grinsen im Gesicht.

Lina trat ein paar Schritt zurück.

„Warum so ängstlich kleines Füchslein?", sagte er. „Komm doch her zu mir!"

Der Dunkle König hob die Hand und schnippte mit den Fingern, Lina begann zu schweben. Er schnippte ein zweites Mal und Lina flog auf ihn zu. Er entzog ihr wie schon Delta zuvor die magischen Kräfte, nur mit dem Unterschied, das Lina nicht zu Staub zerfiel sondern sich in einen Fuchs verwandelte. Resy kochte fast über vor Wut, sie holte das Verbotene Buch und den lilafarbenen Kristall hervor.

„Woher hast du das?", fragte er und lies Lina dabei fallen. „Danach habe ich die ganze Zeit über gesucht!"

Der Dunkle König ging auf Resy zu, schneller als sie jemals hätte reagieren können und nahm ihr sowohl das Buch, als auch den Kristall ab. Daraufhin entfernte er sich wieder von ihr. Das Buch begann zu leuchten als er den Kristall auf es legte.

„*JA*, gib mir all deine Kraft!", flüsterte er.

Das Buch und der Kristall begann sich aufzulösen und der Dunkle König saugte es ebenfalls in sich auf.

„Macht, soviel Macht! Jetzt bin ich endlich unbesiegbar!", rief er triumphierend.

Karl wachte auf als er das hörte.

„Was ist hier los, Merle?", fragte er benommen.

„Ich weiß es auch nicht so richtig, es scheint alles aus dem Ruder zu laufen...", sagte Merle mit ängstlicher zittriger Stimme.

Da begann der Dunkle König zu leuchten und zu glühen.

„Was ist denn jetzt auf einmal mit mir los? Das war doch nicht etwa zu viel?", er schrie vor Schmerzen und quoll immer mehr auf, ehe es ihn mit einem lauten Knall in tausende kleine bunt leuchtende Stücke zerriss.

Resy stand wie angewurzelt da und wusste nicht, was sie tun sollte. Karl ging zu ihr und legte seine Hand auf ihre Schulter.

„Egal was jetzt zu tun ist, tu es einfach!", flüsterte Karl ihr ins Ohr. „Es ist besser als rumzustehen und nichts zu tun!"

Resy schaute ihm tief in die Augen, nickte selbstbewusst, holte den Schwarzen Handschuh heraus und zog ihn über ihre rechte Hand. Sie trat mitten in die Wolke aus magischer Energie und hob die Hand. Die Wolke wurde zu einem Strudel, der von dem Handschuh aufgesogen wurde. Jetzt war es Resy die vor Schmerzen schrie, jedoch war es für sie nicht zu viel gewesen. Sie ging in die Knie, stützte sich mit den Armen ab und rang nach Luft. Die Farbe ihrer Kleidung, hatte sich in ein tiefes Schwarz verwandelt und ihre Augen leuchteten leicht als sie sich wieder erhob. Sie ging zu Lina und streichelte ihr über das rotbraune Fell.

„Ich gebe dir deine Kräfte zurück!", flüsterte sie in eines ihrer großen flauschigen Ohren.

Als nächstes ging sie zu Karl.

„Es tut mir leid.", sagte sie zu ihm.

Und zu guter Letzt kam sie zu Merle und nahm sie in den Arm.

„Pass bitte gut auf ihn auf, Versprochen?", flüsterte Resy.

„Das werde ich! Verlass dich auf mich!", sagte Merle.

Resy ging zurück zu Moorlas Hütte.

„Wo ist eigentlich der dicke rote Fellball, wenn man ihn mal braucht?", schimpfte Resy.

Da kam Moritz aus einer Ecke heraus angelaufen.

„Mist schon wieder zu spät!", schnurrte er vergnügt und sprang auf Resys Schulter.

Sie drehte sich noch einmal zu ihren Freunden um und warf ihnen einen Kuss zu.

„Wir werden uns wieder sehen, im Laufe der Zeit!", sagte sie, schnippte mit den Fingern und löste sich in einer schwarzen Staubwolke auf.

Lina, die wieder ein Mensch geworden war, erhob sich und ging zu Karl und Merle.

„Dann hat sie ihre Vergangenheit nun doch noch eingeholt!", sagte Lina.

„Wie meinst du das jetzt?", fragte Karl.

„Ich denke, das sollte sie dir am besten selbst erzählen, wenn ihr euch das nächste Mal wiederseht!", antwortete Lina.

Sie wollten gerade aufbrechen, da viel Merle etwas ein.

„War da nicht noch jemand?", rief sie.

Hinter der Hütte von Moorla saß noch immer Sesam ängstlich und zusammen gekauert, sie wurde von Merle überwältigt, gefesselt und mitgeschleift. Sie musste fortan als Knecht in der Mine der Zwerge arbeiten.

Heinz und Willie waren überglücklich als alle wohlbehalten wieder am Schweinehof ankamen. Willie lud sie alle zu sich in die Taverne ein und sie feierten bis zum übernächsten Morgen.

Kapitel *II.XVIII*

Die neue

Lady

Resy war währenddessen auf der Dunklen Insel angekommen und hatte das Dunkle Schloss betreten. Das Wetter war klar und der Hof des Schlosses lag ruhig und leer vor ihr. Man konnte nur den Schall ihre Schritte auf dem gefliesten Boden hören, als sie durch das innere des Schlosses ging. In den langen Gängen hingen viele alte Bilder, bei einem blieb sie stehen und schaute es sich genauer an.

„Das hier kenne ich doch.", sagte sie. „Das hab ich schon mal irgendwo gesehen…"

„Und wo soll das bitte gewesen sein?", maunzte Moritz.

„Ich glaube, es war in der Höhle, in der ich den Handschuh gefunden habe, aber warum hängt es jetzt auf einmal hier im Dunklen Schloss?", fragte sich Resy.

Ihr Weg führte sie weiter hinein in das Innere des Schlosses, bis sie am Ende den Thronsaal erreichten.

„Pass auf! Da hinten steht jemand, sei bloß achtsam!", fauchte der Kater.

„Willkommen zurück!", sagte die Person, die ihr Gesicht unter einer braunen Lederkutte versteckte.

„Wer bist du? Zeig uns dein Gesicht!", befahl Resy.

„Wie ihr es wünscht!", sagte die unbekannte Person, sie hob den Kopf und nahm die Kutte ab.

„Bärbel?", rief Resy verblüfft.

„Ihr wirkt überrascht, in jener Nacht habt ihr mich doch beobachtet, wie ich an dem Banner gearbeitet habe, der jetzt hinter mir hängt.", sagte sie.

„Jetzt verstehe ich es so langsam.", sagte Resy.

„Ihr habt alles vergessen, oder? Wenn ihr es wünscht, frische ich euer Gedächtnis ein wenig auf.", sprach Bärbel.

Resy nickte ihr zu und Bärbel begann zu erzählen.

„Diese Geschichte wird schon seit vielen Generationen in unserer Familie weitergegeben, daher weiß ich nicht ob alles der Wahrheit entspricht! Ihr wurdet einst hier auf der Dunklen Insel geboren als erstes Kind des damaligen Königs. Ihr wart sein ein und alles, doch nicht das, was er sich gewünscht hatte. Denn er wollte einen Sohn als Erben für sein Königreich. So begab es sich das König und Königin ein paar Jahre später ein zweites Kind bekamen, diesmal war es einen Sohn. Somit wart Ihr, nicht mehr an erster Stelle der Thronfolge gewesen."

Resy hört ihr gebannt zu.

„Man hatte Euch bereits in jungen Jahren im Umgang mit den Magischen Kräfte unterrichtet. Mit eben diesem Schwarzen Handschuh den Ihr gerade tragt und dem Verbotenen Buch."

Resy schaute sich ihre rechte Hand an.

„Eines Tages wurde es Euch zu viel und ihr seid fortgelaufen, nach Safran hat es Euch auf eurem Weg geführt, Ihr wolltet dort der Magiergilde beitreten. Doch das wurde Euch nicht gestattet. Es hieß, Ihr tragt zu viel dunkle Magie in Euch. Sie befahlen Euch sowohl den Handschuh als auch das Buch loszuwerden, um danach ein Ritual durchzuführen, welches die dunklen Kräfte von Euch trennt."

Resy schluckte und Bärbel machte eine kurze Pause.

„Jetzt ergibt alles so langsam einen Sinn. Aus diesem Grund war ich die einzige die ihn Versiegeln konnte und warum er sich immer zu mir hingezogen gefühlt hatte.", murmelte Resy.

„So ist es, Omnikron war, ist und wird es auch immer bleiben, ein Teil von Euch selbst.", sagte Bärbel.

„Aber, warum hatten wir uns dann in der Lampe nicht schon längst wieder vereint?", Resy wirkte ratlos.

„Meines Wissens nach, wart Ihr in der Lampe versiegelt und Omnikron selbst war die Lampe.", fügte Bärbel hinzu.

„Und wer war jetzt der Dunkle König wirklich gewesen?", fragte Resy vorsichtig.

„Er war Euer Bruder und bevor Ihr fragt, Delta war sein Lieblingsdiener aus jener Zeit gewesen.", antwortete Bärbel.

Resy stand etwas überwältigt vor ihr.

„Möchtet Ihr jetzt, Euren Platz auf dem Thron einnehmen?", fragte Bärbel.

Resy zögerte, ging aber schließlich die drei Stufen hinauf und setzt sich. In diesem Moment tauchte das Gefolge auf, das der Dunklen König einst befehligt hatte, doch es waren keine Untoten Krieger mehr die sich vor ihr verbeugten.

„Wie dürfen Euch nennen? Lady Resy?", fragte Bärbel.

„Nein, nennt mich…

*...**Lady in Black!***"

„So soll es sein!", riefen Bärbel und alle um sie herum.

***

Überall erwachten in diesen Tagen

magische Kreaturen

aus ihrem tiefen Schlaf.

Das Zeitalter der Magie,

hatte begonnen.

***

Und wenn sie nicht gestorben sind,

*d*ann *l*eben *sie* n*och* h*eute*

*u*nd *e*r*l*eben *g*emeinsam *v*iele spannende *A*benteuer.

~ Ende ~

(Noch so ein altes Klischee)

~ Nachwort ~

Als ich damals davon gehört hatte, dass man seine Inspiration überall finden kann, hielt ich das für unmöglich.

Und doch ging es mir genauso.
Ich stand bei uns im Supermarkt vor dem Spielzugregal und schaute mir die verschiedenen Themenwelten an. Lange Rede kurzer Sinn, so schnell wie die Idee da war, eine Geschichte aus all diesen Sets zu spinnen, war sie auch schon wieder weg.

Unerwartet kam er, dieser eine Tag, wo mein Kopf explodierte und ich panisch nach einem Stift und Papier suchte.
Mein Kopf wollte einfach nicht mehr aufhören zu erzählen und meine Finger kamen kaum hinterher mit aufschreiben.

Lange wusste ich nicht wohin mit meinen Figuren, sie waren mir so sehr ans Herz gewachsen, das ich ihnen kaum etwas Böses antun konnte und doch tat ich es und das mehr als einmal.
Aber immer mit der Absicht es wieder gut zu machen. Jeder von ihnen hatte seine Höhen und Tiefen genauso wie ich, beim Schreiben.

Aber gemeinsam, haben wir das Beste daraus gemacht und alles gemeinsam überstanden.

Danksagung

Aufgehoben ist nicht aufgeschoben
und jetzt, ist genau der richtige Zeitpunkt
um einmal Danke zu sagen.

Zum einen **Anette Kaczmarek**, die ihre wertvolle Zeit
geopfert hat, um mein Manuskript auf Herz und Nieren zu prüfen
und nach Fehlern zu durchsuchen um so das Gesamtbild der Geschichte
zu verbessern.

Des weiteren möchte ich meiner besten Freundin **Alice Müller**,
ein großes Dankeschön aussprechen. Denn sie war es,
die mir bei mehr als einer Gelegenheit Mut zugesprochen hat, nicht
aufzugeben
und die Geschichte abzuschließen und zu veröffentlichen.

Und natürlich soll an dieser Stelle auch allen fleißigen Händen des
Verlages,
die an diesem Projekt mitgewirkt haben, ein Dank ausgesprochen werden.

Ohne euch, wäre das Buch nicht das geworden, das es heute ist!

Vielen Dank, euch allen!

Ich hoffe, ihr hattet
genauso viel Spaß beim
lesen, wie ich beim Schreiben
und habt ebenso mitgefiebert wie ich auch.
Wir lesen uns ganz bald wieder in Band 2.

Bis dahin könnt ihr mir gerne eure Meinung geigen und
Lob, Kritik oder Anregungen loswerden.

Und das am besten über

Instagram:

@klein_pinky_auf_reisen

oder

Facebook:

KleinPinky AufReisen

Ich freue mich schon von euch zu lesen
und mich mit euch auszutauschen!

Habt eine schöne Zeit!

*U*nd

*n*iemals *v*ergessen*!*

*F*antasie ist, war und

wird es auch immer sein,

ein **F**luchtweg

aus der **R**ealität*!*

*W*as macht ihr denn noch hier*?*

Es kommt nichts mehr,

das hier ist wirklich die letzte *S*eite*!*

*J*etzt klappt das *B*uch zu,

geht raus und

erzählt allen von dieser *G*eschichte!